BATALLA
DE TORMENTA

Título original: *Battle Royale: Secrets of the Island. Book One. Battle Storm*
Primera edición: septiembre de 2019

Printed in Spain – Impreso en España

ISBN: 978-84-204-5285-2
Depósito legal: B-15.202-2019

Maquetación: Negra
Impreso en Limpergraf
Barberà del Vallès (Barcelona)

AL 5 2 8 5 2

Penguin
Random House
Grupo Editorial

CARA J. STEVENS

BATALLA DE TORMENTA

BATTLE ROYALE
LOS SECRETOS DE LA ISLA
LIBRO 1

UNA NOVELA NO OFICIAL DE AVENTURAS DE FORTNITE

TRADUCCIÓN DE MARIOLA CORTÉS-CROS

ALFAGUARA

ÍNDICE

CAPÍTULO UNO:
ZANE

El vehículo que nos llevaba daba sacudidas y crujía por todo el camino a lo largo de las vías. Estiré el cuello para poder echar un primer vistazo a la escuela de batalla, pero lo único que podía ver, mirara donde mirara, eran más reclutas y, por encima de ellos, las esquinas de las ventanas por las que se vislumbraba una inmensa extensión de cielo. Íbamos todos bien apretados: veinte cadetes en cada vagón y cinco vagones en total.

—Antiguamente eran trenes de cercanías —dijo un sabiondillo que estaba a mi izquierda sin dirigirse a nadie en concreto, como intentando iniciar una conversación que nadie quiso continuar. Los demás reclutas y yo seguíamos el compás del traqueteo en silencio, cada uno inmerso en sus propios pensamientos.

No nos conocíamos de nada y cada cual tenía sus motivos personales para haberse alistado. Unos como forma de escape, otros en búsqueda de aventuras e incluso algunos, de hecho, tenían pasión por la causa… O, al menos, pasión por la guerra. Antes de que nos metieran como ovejas dentro del transporte, ya circulaba el rumor en la estación de que había un rebelde a bordo. Me pregunté cuánto tardaría alguien en darse cuenta de que era yo.

—¿De dónde eres? —¡Qué suerte la mía! El sabelotodo de mi izquierda me había elegido como blanco para iniciar la conversación.

—Del *outback* —dije casi sin mirarlo. Todavía estaba intentando acostumbrarme al traductor universal que un oficial me había implantado en la oreja antes de subirme al tren. Picaba una barbaridad, pero, en cuanto se conectaron los circuitos, empecé a entender el ruido de cien personas hablando cincuenta idiomas distintos. Me pregunté por un segundo de dónde era él al darme cuenta de que, con el traductor, oía a todo el mundo hablando inglés con acento australiano. A juzgar por sus vaqueros, camiseta y zapatillas de deporte blancas, deduje que posiblemente sería americano.

—¿El *outback* de Australia? —Tenía un tono tan sorprendido en su voz que casi me dio la risa. Me apostaría cien pavos a que nunca había conocido a nadie de fuera de su propio país, por no hablar de alguien de un continente del hemisferio sur. Mantuve los labios cerrados y me limité a asentir. No me quería reír de él, y además quería mantener el máximo tiempo posible una apariencia de chico duro, un aire de «ni se te ocurra molestarme»—. He oído que el rebelde es australiano —dijo en voz baja, como si estuviese desvelando un secreto. Yo no había contado con que el rumor se extendiese tan rápido.

Por dentro me lamenté. Hubiese querido mantener mi vida personal en secreto. Pero guardé las apariencias y me giré hacia él con una mirada de acero:

—¿Y? —dije con el tono más amenazador que pude.

—Oh —contestó entrecortadamente, dándose cuenta al fin de que yo era la persona sobre la que estaba intentando cotillear—. Ajá. Vale. Qué guay haberte conocido. —Miró alrededor, intentando escapar de aquella conversación que tan rápidamente había resultado ser nefasta. Desafortunadamente para él, íbamos como sardinas en lata y no había sitio alguno al que huir.

«Esto podría ser divertido», pensé.

—No me has dicho cómo te llamas —dije con toda la intención.

—Kevin —respondió en voz baja—. ¿Y tú…?

—Yo no estoy aquí para hacer amigos —le contesté girándome para darle la espalda y mirar por la ventana las barras de potencia que atravesaban el cielo en constante movimiento. Me sentí mal por haber ignorado al chaval, sobre todo delante del resto de reclutas que había en el tren, pero lo que realmente quería era que nadie se diese cuenta de quién era yo. Todos en aquel vagón eran anónimos. ¿Por qué no podía ser yo otra cara más entre la multitud? Yo solo estaba allí para pasar desapercibido y averiguar de qué iba este lugar sin que mi apellido levantara sospechas por primera vez en mi vida.

El silencio del vagón se vio interrumpido por un grito de emoción:

—¡Ya hemos llegado!

Todo el mundo se apiñó contra las ventanas con tanta rapidez que sentí cómo el vagón se movía y se inclinaba por el peso hacia un lado. Intenté permanecer impasible, pero tenía la misma curiosidad que el resto y estaba tan emocionado como ellos.

Me puse de pie sobre mi asiento para poder ver por encima de las cabezas y, para mi asombro, vi un desierto enorme con unos cuantos autobuses decorados de cualquier manera, con globos aerostáticos en la parte de arriba y…, literalmente, nada más. ¿Dónde estaban los barracones? ¿Dónde estaba la zona de prácticas? ¿Dónde estaba esa misteriosa isla que había salido en las noticias día y noche durante todo el año pasado?

El tren traqueteó hasta detenerse lentamente y entonces dio una sacudida hacia atrás, haciendo que nos chocáramos los unos contra los otros. Las puertas se abrieron con un chirrido —necesitaban urgentemente que las engrasaran— y todos saltamos al exterior, al sol, parpadeando, estirándonos y aspirando el aire caliente del desierto. Así que esto era el Cuartel General. No solo es que no fuera gran cosa, es que no era nada de nada. ¿Se suponía que íbamos a vivir en aquellos autobuses? O quizá los autobuses nos iban a llevar el resto del camino…

—¡Moveos! —vociferó un oficial uniformado. Alzamos todos la vista y vimos cómo señalaba hacia una duna baja de arena a tan solo unos metros de distancia. Y, automáticamente, todos, como borregos, empezaron a caminar hacia la colina.

«Cielos», pensé. «¿Tan deseosa está la gente de recibir instrucciones que van a acatar cualquier orden que les den sin ni siquiera pensárselo?». Pero de nuevo miré alrededor y vi que no había más opciones, así que suspiré y me uní al resto de reclutas. Las palabras de despedida que me había dicho mi madre antes de irme acudieron a mi cabeza por vez primera, aunque probablemente no sería la última:

«No todo tiene por qué ser una batalla, Zane. Elígelas con cabeza o todo tu viaje irá cuesta arriba».

Resultó que la duna era en realidad un acceso secreto. La pesada puerta camuflada daba paso a un vestíbulo de entrada pequeño y muy iluminado, lo suficientemente grande como para albergar a dos guardias uniformados y una mesa con un ordenador, con una segunda puerta blindada que conducía a un tramo largo de escaleras. Me estremecí ante la idea de pasar los próximos meses bajo tierra, sin luz solar. Sin aire fresco. Sin estrellas. ¿Dónde me había metido?

—No está tan mal una vez que ya estás ahí abajo —dijo una voz detrás de mí. Me giré para ver a un chico alto y fibroso con una cresta de colores.

—No me molaría nada saber de dónde eres si consideras que vivir en un búnker subterráneo es un avance —respondí riéndome.

—De hecho, soy un chico de ciudad de Corea del Sur…, pero mi hermano acaba de volver de estar aquí y me dijo que consiguen que el aspecto y la sensación sean los mismos que en barracones normales del ejército. Con días, noches, inclemencias del tiempo, circuitos de parkour… de todo. —Me miró de arriba abajo. Me di cuenta de que yo estaba haciendo lo mismo. Extendió la mano—. Soy Jin.

—Zane. —Intercambiamos un rápido apretón de manos antes de que la multitud nos empujara dentro del vestíbulo en dirección a las escaleras.

—¡Eh, sin empujar! —me quejé, sacudiendo el hombro para quitarme una mano que se había acercado demasiado entre la multitud que avanzaba—. No me ha dado tiempo siquiera a despedirme de la luz del sol y del aire puro.

—No te darás ni cuenta de que ya no están —me consoló Jin riéndose. ¿Cómo podía estar tan seguro? No tenía ni idea, pero fue extrañamente tranquilizador. No sé muy bien por qué, pero sentí que podía confiar en aquel chaval, y hasta puede que me hubiese caído bien si nos hubiésemos conocido en otras circunstancias.

—Gracias por tus palabras de apoyo. Espero que tengas razón —contesté.

—Voy a un colegio interno. Comemos, dormimos y vamos a clase en una manzana de edificios. Todos están conectados entre sí, y a veces se me olvida durante días enteros salir al exterior —me explicó Jin—. Además, he oído que aquí la comida es mejor que ninguna que hayas probado antes. ¡Tienen platos de todas las partes del mundo para comer y cenar! Aunque el desayuno es cien por cien americano, así que me voy a tener que acostumbrar a comer tortitas, pasteles y carne por la mañana.

—¿Qué es una tortita? —pregunté. La extraña palabra consiguió eludir mi traductor.

—Creo que tú dirías panqueque o crepe —dijo Jin—. ¡Mi hermano dice que son *jjang*! En coreano eso quiere decir que están riquísimas. Me parece que el argot no lo traducen.

Una oleada repentina de gente nos empujó hacia delante, separándonos e impidiéndonos seguir hablando.

—¡Ahí vamos! ¡Me ha gustado conocerte, Jin! —grité riendo.

—Nos volveremos a ver —contestó.

El resto del día se diluyó en vago recuerdo cuando nos llevaron, a noventa y nueve reclutas y a mí, cansados, llenos de polvo y cabreados, en fila india a que rellenáramos todo el papeleo y a que tres médicos distintos nos examinaran de arriba abajo para asegurarse de que estábamos lo suficientemente sanos como para sobrevivir al programa.

—Esto no tiene sentido —se quejaba una chica justo delante de mí—. No necesito que me examinen. ¡Si fui la modelo del cartel de reclutamiento, por el amor de Dios! El reclutador dijo que solo admiten a gente en perfecto estado de salud, y estoy bastante segura de que todos estarán de acuerdo en que soy lo más cercano a la perfección. —Se giró, presumiendo de *cosplay*: un uniforme corto de colegiala, completamente blanco, con calcetines hasta la rodilla. Noté que era una de esas chicas que van de modositas, pero que probablemente te acuchillen en el cuello con una espada ninja por el mero hecho de divertirse.

»¿Lo ves? —le dijo en voz alta a la chica que estaba a su lado—. La gente no puede evitar mirarme. —Me lanzó una sonrisa enorme y blanquísima mientras me saludaba con los dedos. No iba a caer en su trampa, así que esperé a que se fuese a molestar a otro, pero aparentemente le gustaba la gente que iba de guay—. Soy Zoe, por cierto —me dijo.

—Y eres la próxima —le contesté, señalando a la mujer de aspecto duro que estaba esperando que se acercara.

—Y tú eres un grosero —dijo claramente ofendida porque yo no me había presentado. Se dio la vuelta airosa y se largó.

Cuando llegó mi turno, entré en una pequeña cabina en la que un hombre bajito pero fornido me sujetó la mano y empezó a escanearme con un fotómetro.

—Me acaban de hacer tres revisiones físicas completas y un test de inteligencia. ¿Qué puede estar comprobando que no haya sido comprobado ya dos veces? —pregunté, retorciéndome para soltar el brazo.

—Los uniformes y los avatares —dijo secamente, volviéndome a agarrar del brazo. Me leyó la mirada… o quizá sabía lo que iba a preguntar, ya que, a estas alturas, habría tenido la misma conversación con otros cincuenta cadetes más—. Tu uniforme es para llevarlo aquí dentro, en el Cuartel General —me explicó lentamente, como si pensara que yo era un novato sin cerebro—. El avatar tuyo que enviamos al campo de batalla tiene que encajar a la perfección o el movimiento no se traducirá adecuadamente y te eliminarán.

Vale, eso no lo sabía.

Continuó, levantándome ambos brazos y comparándolos para ver si estaban a la par.

—Aunque fuera solo por un milímetro de diferencia, tendríamos que cancelar el traje, así que mantente muy quieto —dijo moviéndose hasta mi mano izquierda y examinándola con detenimiento—. ¿Esto qué es? ¿Un tatuaje, una cicatriz o simplemente suciedad?

—Una cicatriz —dije en voz baja. Era la de la primera invasión. La que había vuelto a mis padres en contra del Gobierno y los había convertido en operativos rebeldes. La que había hecho que mi pelo fuese blanco por el shock antes siquiera de ser lo suficientemente mayor como para descubrir de qué color era mi pelo de verdad. Era demasiado pequeño como para acordarme de nada, salvo una gran explosión y la pérdida de mi oso de peluche favorito, pero ahí quedó la cicatriz, para recordarme que la guerra estaba en todas partes, incluso en tiempos de paz. Como si necesitara que alguien me lo recordara. Mis padres lo habían hecho cada día desde entonces. Por supuesto, mi pelo de punta blanco también era un constante recordatorio. Otra razón más por la que querer venir aquí y largarme tan lejos de casa como fuera posible.

El tirón que le dio el sastre a mi mano derecha hizo que volviera al presente.

—Estos trajes cuestan una fortuna. No sé muy bien por qué se molestan en hacerlos. Al final, la lluvia ácida los acaba destrozando y tengo que empezar otra vez.

La lluvia. Se me habían olvidado las tormentas tóxicas que circulaban por toda la isla. Algunas solo necesitaban unas pocas horas desde que se formaban en el extremo de la isla hasta estrecharse en un ojo, mientras que otras tardaban hasta dos semanas. Desde que había impactado el meteorito, el aire se había vuelto tóxico —demasiado tóxico para que pudiesen sobrevivir humanos normales y corrientes—, y del cielo llovía una espesa niebla densa en ácido que se iba cerrando sobre la isla desde el exterior, variando cada vez la posición de su ojo. Las lluvias, impredecibles y mortales, habían barrido la población de la isla antes de que los científicos descubrieran los patrones de la tormenta y aprendiesen a predecir sus horarios y posicionamiento. Lo que anteriormente había sido un paisaje hermoso y animado, era ahora un erial que solo servía como zona de entrenamiento de combate para los jóvenes reclutas más prometedores. Estábamos allí para practicar, controlando nuestros avatares para ver quiénes acababan siendo los mejores estrategas, líderes, constructores, exploradores y francotiradores en una Battle Royale. Todo debía ser divertidísimo hasta que tu avatar se disolviera en lluvia ácida, supongo.

Un último pitido procedente del escáner del sastre me dio a entender que su trabajo había terminado. Me despachó de la habitación con una frase de despedida bien ensayada:

—Las misiones de tus barracones y escuadrones están en la pared a tu izquierda. No se permiten cambios. Ni quejas. Las raciones de comida se tomarán esta noche en la sala común. Se te darán las instrucciones por la mañana.

—¡No olvides la propina para el sastre! —masculé recordando un eslogan de mi locutor favorito.

—¡Eh, esa me la sé! —dijo una voz alegre—. «¡Asegúrate de darle a "me gusta" y "suscribir"!». —Levanté la vista y vi a Jin sonriéndome—. ¿Ya te han dado la misión?

Sacudí la cabeza, caminé hasta la lista de la pared y encontré mi nombre:

—I-28 —leí en alto.

—¡Qué suerte! —gritó Jin—. ¡El mismo escuadrón!

Su alegre sonrisa se unió a la mía y me di cuenta de que era la primera vez que sonreía desde que me había ido de casa. Puede que llevase más tiempo sin sonreír, ahora que lo pensaba. Aunque no estuviese en entrenamiento de combate para hacer amigos, tener uno haría que toda esta experiencia fuese muchísimo más interesante. Por primera vez en mucho tiempo, no me sentía solo.

CAPÍTULO DOS:
JIN

E
h, ¡que empiezan las partidas! —gritó alguien y agarré el brazo de Zane. Tiré de él hacia la multitud de
cadetes que se apresuraban hacia la gran pantalla
de visionado.

—Venga, ya veremos nuestra habitación después.

—¿Qué pasa? —contestó Zane.

—Son las partidas de graduación —respondí tirando
de él por todo el estadio para poder lograr una buena vista de la pantalla—. El curso anterior al nuestro tiene una
última minibatalla antes de que les den sus misiones o los
larguen a casa. El ganador se lleva una semana de vacacio-
nes pagadas y una comisión especial en cuanto vuelvan.

Había visto las retransmisiones en vivo cientos de veces
desde el ordenador de mi casa, pero estar sentado allí, en el
estadio… Parecía que estaba viendo la batalla por primera
vez en mi vida. Los autobuses de batalla salieron de la co-
chera y enviaron a cien avatares a la isla. Vimos el recorrido
del autobús sobre el mapa virtual, para después observar
cómo cien paracaídas y ala deltas, uno tras otro, se iban des-
plegando y los jugadores descendían para ponerse a salvo.

—¿Qué pasa, colegas? —Una voz familiar se oyó por los altavoces de todo el estadio—. Aquí los Rusty Pipes, retransmitiendo en directo desde el estadio del Cuartel General el día de la graduación. ¡Los cadetes ya han saltado del autobús de batalla y han entrado en acción!

Se oyó una explosión de júbilo por todo el recinto. Todos llevábamos años viendo y escuchando a Rusty Pipes, soñando con nuestro primer día aquí, desde donde se retransmitía todo. Bueno, puede que Zane no. Me apostaría la vida a que él era el rebelde del que hablaba todo el mundo, y me preguntaba qué hacía aquí en el ejército, entrenando, si tan en contra estaba del Gobierno. Yo nunca había conocido a ningún rebelde, y no era en absoluto lo que me esperaba. Parecía un tío bastante majo y hasta parecía encantado de estar aquí. Un verdadero rebelde habría querido estar al margen de todo entrenamiento militar. Un verdadero rebelde podría incluso querer sabotear todo esto y volarlo por los aires. Así que esperaba que no fuera un rebelde de verdad.

Eché un vistazo a la pantalla y vi cómo ascendía el contador de impactos, antes incluso de que las cámaras mostraran la acción sobre el terreno. Ya habían derribado a un jugador: «FIFI ACABA DE CAER 39 METROS», se podía leer en la banda de noticias que aparecía a pie de pantalla. Seguida de otra en la que ponía: «OGRE HA ATRAPADO A ELLIE», y después «GUNNAR HA DERRIBADO A CURTIS CON UN FUSIL DE FRANCOTIRADOR (229 M)».

—Van cayendo rápidamente los participantes de nuestra pequeña Battle Royale —gritaba alegremente Rusty—. La tormenta de hoy es rápida y violenta, colegas, y solo tardará una hora en cerrarse del todo, desde los extremos hasta el ojo.

Mientras hablaba, la cámara hacía un paneo de Pisos Picados, donde seguíamos a un avatar de ninja que rastreaba las habitaciones a una velocidad de vértigo.

—La favorita de hoy es Kellie-Mae. Tiene el récord de eliminaciones y de victorias totales este año y... —El avatar de ninja de Kellie-Mae se detuvo para beberse una poción de escudo. Según bebía, se oyeron unos pasos por los altavoces. Contuve la respiración—. ¿Conseguirá beberse la poción a tiempo? —El sigiloso comentario de Rusty me leyó el pensamiento. Justo entonces, un soldado de aspecto rudo irrumpió en la habitación con un fusil de asalto. Kellie-Mae rodó a su alrededor y lo derribó con una ametralladora—. ¡Bien hecho, Kellie-Mae! —anunció Rusty. La multitud se volvió loca.

Escudriñé la sala preguntándome, y no era la primera vez, dónde se encontraba oculto el centro de mando de avatares. Estaba tan cerca de él que me dieron ganas de correr por los pasillos e ir abriendo puerta tras puerta hasta que diese con la verdadera Kellie-Mae y con el resto de cadetes que controlaban a sus avatares. Pero me quedé pegado a la pantalla, como todo el mundo. Pronto lo sabría, en cuanto mi traje de Jin estuviese terminado. Ojalá hubiesen conseguido hacer bien la cresta de colores.

Mientras miraba, iban aumentando las eliminaciones. Nunca había visto caer tan rápido a la gente. Para aquellos cadetes, ahí terminaba todo. Llevaban un año entrenando juntos y por separado, en dúos, escuadrones y en equipos de 50-50, y se lo jugaban todo en esta batalla en solitario.

—Entrarán muchos y solo uno saldrá —dije en alto.

Zane, junto a mí, asintió.

—Es bastante épico, ¿eh? Nosotros también estaremos en su misma situación en breve; novatos luchando entre las ruinas de una tierra baldía que en su momento fue una ciudad normal y corriente más…

—Sé que dicen que fue un meteorito, pero… bueno… —tartamudeé, intentando formular la pregunta sin resultar demasiado atrevido al hacerlo—: ¿crees que el Gobierno lo hizo a propósito? Quiero decir, como eres un rebelde y todo eso… ¿Tienes alguna teoría?

Zane me miró fijamente:

—¿Eres tú un rebelde?

Negué con la cabeza.

—No. Simplemente me lo suelo cuestionar todo. Mi hermano regresó el año pasado del Cuartel General y no ha dejado de hablar de ello desde entonces. Le pareció que la gente que está al mando les ocultaba muchas cosas. Como el sentido de todo este entrenamiento, ¿sabes? ¿Para qué sirve todo esto?

Zane no pudo llegar a contestar porque estalló un rugido inmenso en el estadio cuando un francotirador vestido de grafitero eliminó a Kellie-Mae. Le dio desde una distancia de noventa metros.

—¡No me lo puedo creer! —gritaba Rusty por encima del ruido de la multitud—. Y así, sin más, Kellie-Mae queda eliminada. Gracias por todo, Kellie-Mae. ¡Nos vemos en la reposición! Veamos quién ha derribado a la favorita —anunció Rusty. La pantalla mostró la imagen del grafitero. En la etiqueta ponía el nombre «INKY» y era de Irlanda. Sus logros se reducían a dos eliminaciones y ninguna victoria en solitario. Podría haber sido perfectamente un novato. La pantalla empezó entonces a mostrar algunos grafitis chulísimos—. A Kelly-Mae la ha eliminado un grafitero prácticamente desconocido llamado Inky. ¡Puede que confundiese su fusil de francotirador de largo alcance con un bote de espray! Ja, ja, ja. Como podéis ver, ¡en Battle Royale, todos juegan! —A continuación, Rusty cambió de tema para centrarse en un campo de golf en el que dos jugadores conducían carritos todoterreno ATK por todo el recorrido—. Y hablando de jugar, parece que algunos están aquí solamente para disfrutar de su último día en la isla conduciendo alegremente —gritó Rusty. Los dos jugadores chocaron sus todoterrenos el uno contra el otro y salieron volando. No sufrieron apenas daños, es más, siguieron riéndose mientras corrían para ver si encontraban algo más con lo que jugar.

La risa se les apagó rápidamente cuando miraron hacia arriba y vieron que se acercaba la tormenta.

—¡Oh, no, chicos, parece que va a llover! —anunció alegremente Rusty—. ¡Espero que hayáis traído paraguas!

La tormenta se cerró más, eliminando a los conductores de los todoterrenos y a un puñado más de jugadores mientras Zane y yo —y aproximadamente noventa y ocho cadetes nuevos más— observábamos alucinados cómo las cámaras enfocaban ahora las mejores zonas de la isla, siguiendo a los combatientes, los constructores y exploradores. Me alegré al ver que había buenas opciones para hacer parkour en Parque Placentero y creí ver algo sospechoso, que después desapareció rápidamente, en Ciudad Comercio. Ahora miraba el mapa desde una nueva perspectiva, porque estaba a punto de ir yo allí y convertirme en jugador en vez de espectador.

Al avanzar la partida, Inky fue eliminado sin necesidad de combate alguno por culpa de una trampa que había puesto Minka y, de repente, la batalla se redujo a solo dos jugadores: Califa y Antonio. Califa tenía un fusil de asalto legendario, y estaba construyendo una barrera de madera bastante robusta contra Antonio cuando este lanzó una granada y le dejó la base hecha trizas. Califa se cayó, haciéndose poco daño, y se escondió debajo de un coche que estaba aparcado, sin detenerse a vendarse las heridas, mientras esperaba una oportunidad. No tuvo que esperar mucho. Antonio pasó delante de ella y Califa lo derribó por completo. Cuando llegó el dron para recoger el avatar de Antonio, Califa se marcó una ronda de Justicia Naranja, mi baile de celebración favorito. Al mirarlos, ¡me di cuenta de que todo el mundo había empezado a bailar! ¡Menuda celebración! ¡Qué fiestón! Qué guay era estar aquí en el Cuartel General. Apenas podía esperar para entrar en acción, no solo para sacar a la luz cualquier misterio extraño que la isla pudiese esconder — sabía que esa era la razón por la que mi familia había estado de acuerdo en enviarme—, ni para poder realizar recorridos de parkour de cine con mi avatar, sino también para sentir que formaba parte de algo tan grande y épico… ¡Una Battle Royale para la posteridad!

CAPÍTULO TRES:
ASHA

Los vítores del estadio casi te dejaban sorda. Escuché cómo Rusty Como-se-llame anunciaba las partidas de graduación e intenté imaginarme la acción conforme la relataba, feliz por tener algo que me mantuviese ocupada mientras esperaba en la vacía sala de los suplentes. Allí solo quedaba yo. Cuando finalmente llegó la oficial, salté de mi asiento por la sorpresa, a pesar de que había estado mirando la puerta esperando que se abriera durante lo que a mí me pareció una eternidad.

—¡Asha! —gritó.

Yo la saludé, esperando que aquella fuese la respuesta adecuada.

—¡Sí, señora! ¡Esa soy yo! —Me miraba con reservas. Contuve el aliento, preguntándome si me estaban llamando a filas o enviándome a casa.

—La cadete número cuarenta y cuatro ha suspendido las prácticas. Estás dentro si eres capaz de superar el recorrido.

—¡Sí! —Levanté el puño, luego intenté controlarme y empecé a estirar suavemente mi camiseta manchada de pintura—. Quiero decir, sí, señora, daré lo mejor de mí. —Me miró de arriba abajo, tomando nota de mi diminuto tamaño y, con toda probabilidad, calculando mentalmente las posibilidades que tenía de superar la prueba. Sabía que estaba intentando desmoralizarme al mirarme así, pero de hecho consiguió todo lo contrario. Yo ya estaba acostumbrada a que la gente me juzgara por mi tamaño y aspecto, y nada me emocionaba más que demostrar a todos los que me odiaban o dudaban de mí lo mucho que se equivocaban. La miré a los ojos y le pregunté:

—¿Cuándo empiezo?

Me condujo a través de un largo pasillo hasta un campo de prácticas tan enorme que costaba creer que estuviese bajo tierra. Tenía el tamaño de un campo de fútbol y estaba lleno de obstáculos. En el ambiente había un ruidoso zumbido constante, como si los aparatos de aire acondicionado o las máquinas que hacían funcionar toda la base estuviesen justo al otro lado de la pared. Me pregunté cuál sería el desafío del recorrido, pero, fuese lo que fuese, estaba preparada. Había estado entrenando meses y meses para entrar en Battle Royale… y para salir echando leches de mi pequeño y atrasado pueblo natal de Kenia, que parecía más un abrevadero que un pueblo como tal. Había ido a visitar la gran ciudad, Nairobi, una vez en mi vida, cuando tenía cinco años, y me enamoré del arte y el bullicio de la vida urbana. Juré que algún día me convertiría en una artista y viajaría por todo el mundo, dejando mi huella allá donde fuese. Y para hacer eso, tenía que ir a aquella isla. Así que entrené durante meses, para terminar finalmente como la suplente con menos puntuación de la ronda clasificatoria. La mayoría de los chicos y chicas habían sido reclutados, pero para que fuera más equilibrado, el Gobierno ofreció un determinado número de plazas de suplentes para cualquiera que quisiera intentarlo. Mis padres creyeron que me había vuelto loca solo por ir, aunque no tuviese la más mínima posibilidad de superar el recorrido. Mi hermana llegó aún más lejos:

—Han elegido a lo mejorcito de cada rincón del planeta, Asha. Tú eres de un lodazal en medio de ninguna parte de África. No te van a ver siquiera, de lo insignificante que eres para ellos.

Puede que me estuviese desalentando. O puede que me conociese mejor que nadie y supiera que sus comentarios solo me incentivarían para intentar entrar con todas mis fuerzas. Fuera como fuese, aquí estaba yo. Me puse los guantes de escalar, chasqueé el cuello y los nudillos, me besé el meñique izquierdo para tener buena suerte y seguí a aquella vieja oficial hasta el borde del recorrido.

—¿Cuál es mi misión? —pregunté mientras trotaba sin moverme del sitio para calentar mis músculos fríos y anquilosados.

—Diecisiete cofres del tesoro en veintiún minutos —me dijo sujetando un cronómetro—. ¿Preparada? —Asentí—. ¡Ya!

Comencé mi carrera por el recorrido a la velocidad del guepardo y con los sentidos de un halcón, preguntándome por qué me lo habían puesto tan fácil. ¿Sin obstáculos? ¡No hay problema! Lo primero que hice fue rodear todo el perímetro para después ir adentrándome en círculos, como un águila. Vi cofres relucientes en el círculo interior, los memoricé y seguí mi recorrido. Cuando me pasaron los primeros disparos de bala zumbando por los oídos, mi mente no los identificó como tal. Luego vi al francotirador en el tejado de arriba a mi derecha. «Ah», así que, después de todo, no iba a ser tan fácil. Bien. ¡Ahora sí que estaba empezando a ser divertido!

Me deslicé haciendo la croqueta hasta quedarme debajo de un pequeño saliente y conté los disparos. Diecisiete. Estaba disparando cada vez más deprisa y se estaba quedando sin munición. Esta vez me mantuve escondida, y la fortuna me sonrió al toparme con el primer cofre del tesoro. Lo señalé con pintura en espray y continué, sin emitir sonido alguno, a través de los edificios, quedándome a cubierto y ciñéndome a mi plan.

Oí pisadas cerca de mí y me puse en cuclillas detrás de un pequeño arbusto. Sin armas o escudos, lo único con lo que contaba era mi tamaño. Los demás pensaban que mi minúscula estatura era un impedimento, pero era todo lo contrario. Era una experta absoluta en esconderme y meterme en lugares pequeños. Ambas habilidades eran perfectas para este tipo de ejercicio.

Terminé el recorrido por todo el campo, señalando quince, dieciséis y por último diecisiete cofres, y me sobraron minutos. Se encendieron inmediatamente las luces y entró la sargento, asintiendo con la cabeza, pero sin sonreír.

—Enhorabuena, Asha. Eres nuestra nueva cadete. Ve hasta el barracón I-28. Allí conocerás a tus compañeros de escuadrón.

Sudada y sin aliento, yo sonreía como una loca, como si fuese el gato de Cheshire. Quería abrazar a la primera persona a la que viese… Bueno, a la primera persona que viese después de que hubiese dejado atrás a la adusta oficial que me acababa de informar. Esperaba que mis compañeros de cuarto y escuadrón fuesen al menos un poquito más accesibles. Y que les gustaran los abrazos.

CAPÍTULO CUATRO:
ZANE

Jin y yo llegamos al barracón I-28 justo en el momento en el que un obrero estaba colocando un nuevo nombre en la puerta y quitando uno antiguo.

—Así que Esme no llegó a entrar —le dije al obrero, que ni siquiera me miró. Entrecerré los ojos para ver la nueva placa. Ponía «ASHA». Éramos un escuadrón de cinco, lo que me pareció un poco raro. Me giré hacia Jin—: ¿No se supone que los escuadrones son de dos, cuatro, veinte o cincuenta?

Jin asintió.

—Acabaremos en escuadrones de cuatro después de la primera semana, más o menos. Hasta entonces, trabajamos todos juntos, competimos juntos e intentamos, o bien mejorar, o al menos no fallar. —Entró en el edificio y lo seguí a través de una sala común apenas decorada con una mesa y cinco sillas y un sofá con pinta de incómodo—. Al principio nos ponen en equipos de cinco por si acaso alguno es malísimo y lo mandan a casa o, en caso de que sea un genio en esto, lo ascienden. Los escuadrones que todavía tengan cinco integrantes después del primer par de semanas se deshacen de uno de sus miembros y se forman nuevos escuadrones de cuatro con los que sobran.

—Pero eso jamás ha pasado en la historia de este lugar. —Nos giramos para ver quién había hablado. Una chica atlética de aspecto rudo con una cicatriz en la mejilla salía de uno de los dormitorios hacia la sala común—. Y es poco probable que pase por primera vez ahora. Me parece que esta primera semana vamos a perder más que cualquier curso de cadetes, a juzgar por la pinta de blanditos que tienen estos novatos. —Nos miró a fondo de arriba abajo—. Vosotros incluidos.

Puf. «Yo también estoy encantado de conocerte», pensé sarcásticamente. La desafié en voz alta:

—¿Y tú quién eres? —Entrecerré los ojos, intentando parecer y sonar mucho más duro de lo que me sentía. Aquella chica tenía el aspecto de poder comernos vivos a Jin y a mí para desayunar si le daba la gana. La primera descripción que pensé fue que era dura como una roca.

—Blaze. Cadete de tercera generación. Un placer tenerte en el escuadrón, Rebelde. Y a ti también, Acróbata.

—¿Nos conoces? —preguntó con cautela Jin.

—Sois como dos libros abiertos. Me he propuesto estudiar a los nuevos cadetes para ver con quién tengo que trabajar. Los otros dos son un poco más misteriosos. Una pena lo de Esme. También venía de una buena familia militar. Como yo. Era una exploradora magnífica y una carroñera de primera —dijo Blaze con admiración.

—Os garantizo que, fuera lo que fuese que hiciese bien, yo lo haré mejor. —Una chica diminuta cubierta de pintura de espray entró con una sonrisa de oreja a oreja—. Soy Asha.

—¿Tú eres la suplente? —preguntó Blaze—. Compartes litera conmigo. Te vas a la de arriba, que a mí me gusta dormir con los pies cerca del suelo.

Asha se encogió de hombros.

—Me parece bien, compi. A mí me gusta estar en la de arriba. ¡Así me siento alta!

—Me llamo Zane. —Le tendí la mano a Asha y esta la sacudió con energía—. Soy de Australia.

—Ya lo veo. —Se rio—. ¿Y tú eres?

—Jin. —Jin también extendió el brazo para estrecharle la mano y Asha le dio un abrazo, pillándolo por sorpresa y provocando que perdiera el equilibrio.

—Perdón —dijo encogiéndose de hombros—. Yo soy más de abrazar. ¡Ya te acostumbrarás!

—Voy a dejar mis cosas. Me alegro de haberos conocido a las dos —dije, y me dirigí a la segunda habitación. Había tres camas. La litera de arriba y la de abajo estaban vacías. La tercera cama, una individual, estaba ocupada por un adolescente alto y desgarbado que nos miró en silencio según entrábamos. Llevaba una gabardina larga y tenía el pelo largo y oscuro, que le caía por encima de los ojos soñolientos de párpados pesados—. Ah. Hola —dije, sorprendido al ver que nuestro tercer compañero de cuarto ya estaba instalado en la habitación. Inclinó la cabeza hacia mí y luego miró a Jin, examinándolo de arriba abajo.

—Oh, hola —repitió Jin. Me pregunté si yo había sonado así de raro. No estaba seguro de en qué era bueno aquel tío, pero debía ser algo que tuviese que ver con sacar de quicio a la gente—. Soy Jin. Este es Zane. ¿Tú eres Jaxon?

—Nadie me llama así. Es Jax —gruñó—. Y no se os ocurra acercaros a mi cama o a mis cosas. Que compartamos habitación no significa que nos vayamos a convertir en los mejores amigos del mundo, riéndonos hasta las tantas de la madrugada y charlando sobre nuestros temores y nuestros sueños.

—Bueno, esto va a ser toda una fiesta, ¿verdad, Zane? —bromeó Jin, haciendo que me sintiera aún más feliz por tenerlo de compañero de cuarto.

—¡¡Atención!! —La voz de Blaze retumbó desde la sala común. Jin y yo salimos corriendo. Jax no pareció moverse… Se limitó a aparecer como si nada en la puerta—. ¡El oficial Gremble está en la sala! —gritó Blaze.

Llegamos y nos encontramos a un hombre mayor, bajito y fornido, uniformado, que saludó a Blaze con un firme apretón de manos y una palmadita en el brazo.

—¿Cómo estás, Blaze? Tu padre me pidió que viniera a verte y que me asegurara de que tuvieses todo lo que necesitas.

—Sí, señor. Gracias, señor. Todo en orden. Todos presentes y contabilizados.

—Excelente —dijo Gremble mirándonos a todos, escudriñándonos. Sus ojos se detuvieron en Jax—. Me alegra que consiguieses llegar aquí, Jaxon. Una sabia elección coger esta misión en vez de ir al reformatorio. Procura comportarte bien o tendrás más problemas aún de los que te encontraste al llegar aquí.

Jaxon se limitó a mirarlo fijamente. El oficial caminó hasta ponerse frente a él.

—Cuando yo te hable, tú me contestas. ¿Queda claro?

—Sí —dijo Jax con resentimiento. Gremble le lanzó una mirada fulminante que hizo que el chico rectificara—: Sí, señor.

El oficial anduvo hacia la puerta y se dio la vuelta para mirarnos:

—Por cierto, esto no ha sido una visita de cortesía. Vuestros trajes ya están listos. Os podéis presentar en la sala de batalla en cuanto os llamen. Ya ha llegado el momento de que vayáis por primera vez a la isla. —Nos miró a los cinco mientras le devolvíamos la mirada, incrédulos. Yo pensaba que tardaríamos días, incluso semanas, en que nos mandaran allí. Parecía que estaban a punto de echarnos al fuego… o al ojo de la tormenta, para ser más exactos.

—¿Tan pronto? —preguntó Asha leyéndome el pensamiento, con la voz teñida de emoción.

—Sí. Girad a la izquierda y tomad el pasillo azul que conduce a la sala de avatares —nos indicó—. Se trata de una minibatalla —explicó—. La tormenta es muy corta y dura solo una hora. El tiempo suficiente para que demostréis de lo que sois capaces… y de lo que no. —Al salir, dijo por encima del hombro—: ¡Buena suerte, cadetes! ¡La vais a necesitar!

Jin negó con la cabeza, sorprendido.

—Estoy seguro de que Gremble sabe que es absurdo mandarnos a pelear tan rápido cuando acabamos de llegar. Aunque sea una minibatalla. ¿No creéis?

De hecho, yo había pensado mucho en ello y en todo lo que rodeaba a estas batallas. El tema era que no estaba más cerca de saber qué pasaba aquí de lo que había estado en casa. Tenía que haber un motivo, y sabía que acabaría averiguándolo si tenía la paciencia suficiente.

CAPÍTULO CINCO:
BLAZE

Quedan diez minutos —se oyó por los altavoces. Jin, Asha y Zane miraban a su alrededor sorprendidos, como si estuviesen aguardando más instrucciones. Como si fuesen patitos esperando a mamá pato. Por el contrario, Jax siguió mirando malhumorado, como si no lo hubiese oído. Se veía a sí mismo como un lobo solitario, pero yo sabía que, en cuanto diese comienzo la batalla, también acabaría acudiendo a mí para que fuera su líder.

—Eso significa que nos tenemos que ir —les grité—. ¡Venga, colegas! —Yo era la única con experiencia militar del grupo. Era yo quien tenía que formar a estos inútiles cadetes y hacer que llegáramos en hora a los puestos de batalla. Salí pitando de los barracones, dejando la puerta abierta para que me siguieran.

Asha corría en cabeza. Era pequeña y veloz, lo que la convertía en una exploradora y carroñera perfecta, pero no controlaba sus impulsos, así que necesitaba entrenamiento y disciplina. Por mucho que me hubiese gustado ir detrás de ella y llegar allí tan rápido como fuese posible, andaba despacio y con determinación, tal y como debe hacer un solda-do. Este era el momento... El momento para el que había entrenado y con el que había soñado desde que se anunció por primera vez el programa de avatares. Había oído que el simulador era tan real que podías sentir el impacto de los saltos y los golpes de verdad, e incluso hacerte algo de daño mientras estabas a los mandos. No podía esperar a probarlo por mí misma. Sabía que se me daría de maravilla. Después de todo, llevaba entrenando para esto toda mi vida. Tenía tantas ganas de correr por las casas de Ribera Repipi, ver el cráter de Socavón Soterrado, Pueblo Tomate, Pisos Pica-dos... Quería verlo todo. ¡Y estaba a punto de entrar!

Otros cinco escuadrones pasaron corriendo por delan-te de mí y un soldado mastodóntico me empujó tan fuerte que me estampé contra la pared.

—¡Quítate de en medio!

Una mano salió de detrás de mí y lo agarró por el pes-cuezo.

—¡Las damas primero! —le gritó Jax.

—No es ninguna dama; es una soldado al igual que los demás. —El neandertal se paró y me miró de arriba aba-jo—. Si estás esperando un trato especial, querida, te estás dirigiendo al autobús de batalla equivocado. —Fue ade-lantando a todos a empujones y desapareció en la sala.

Agarré el brazo de Jax en cuanto entramos nosotros:

—No necesito que me defiendan.

Jax y yo nos quedamos frente a frente aplastados por la multitud que intentaba atravesar la angosta entrada.

—Estaba defendiendo a nuestro escuadrón. No te de-fendía a ti. Se lo pensará dos veces antes de meterse con...

—Sus palabras se desvanecieron al entrar en la sala de avatares. Hasta Jax, don Aquí-no-pasa-nada, estaba alucinado. La sala era inmensa… como una cueva gigante. Era un gran círculo, con veinte puertas a lo largo del perímetro. Cada puerta estaba insertada en un cubículo con paneles de cristal con cinco centros de control: uno para cada miembro del escuadrón. Aquello era el centro de control de avatares y no se veía ningún avatar o pantalla. Qué raro. Observé los letreros y encontré el nuestro rápidamente.

—¡El I-28, por aquí! —le grité a mi escuadrón. Me siguieron como patitos, tal y como había predicho.

Nuestros nombres estaban escritos encima de cada terminal. Me situé a toda velocidad en el centro, encantada de que algún responsable hubiese reconocido mi capacidad de liderazgo y mi experiencia. El resto del equipo se apiñó y se acercó a sus sitios.

—¡Todos a sus puestos! —soltó una voz por los altavoces sobre nuestras cabezas. Las puertas de cristal se cerraron, y todos permanecimos de pie en frente de nuestras consolas, preguntándonos qué hacer a continuación. No era tan sencillo como sentarse en una silla y ponerse a los mandos de un videojuego, que era lo que yo pensaba que sería. Solo podría describirlo como una estación adaptada a mi forma… como el revés de una silla ergonómica para las rodillas. Era como si tuviésemos que dejarnos caer en ella y, al hacerlo, aguantaría automáticamente el peso de nuestros cuerpos.

Puse las rodillas en el saliente y metí los brazos en los agujeros para tal fin que tenía delante de mí. La consola pareció ajustarse a mí, y se asemejaba a un cojín blandito que también me permitía mover los brazos y las piernas. Incliné la cara sobre unas gafas oscurecidas y, al hacerlo, se extendió un auricular sobre mis oídos y un micrófono se deslizó en frente de mi boca. No podía verlos, pero podía oír a mis compañeros de escuadrón perfectamente a través de los auriculares.

—¡Es supercómodo! —oí que decía Asha.

—¿Cómo va esto…? Ah, espera, ya lo tengo. —La voz de Zane fue la siguiente—. ¿Alguno ve algo? Porque yo no puedo… —Zane se detuvo en seco cuando una brizna de aire frío me dio en la cara y mis gafas empezaron a aclararse, como si se estuviese levantando la niebla—. ¡Bueno, esto es demasiado! —exclamó Zane.

Supuse que él también lo había visto. Tardé un poco en asimilar lo que estaba viendo. Estaba en el autobús de batalla… o, por lo menos, lo estaba mi avatar. Lo había visto millones de veces retransmitido, así que fue muy fácil reconocerlo. Mis compañeros de escuadrón estaban a ambos lados de mí, con el mismo aspecto que tenían en la vida real. La lectura de datos que aparecía ante mis ojos era igual que las de las retransmisiones en primera persona. Nos informaba de que había cien jugadores y me mostraba el inventario vacío, a excepción de un hacha y de un ala delta.

—¿Cómo se mueve uno con esta cosa? —preguntó Jax. Su avatar miraba hacia delante fijamente, pero estaba moviendo los labios.

—Intenta girar la cabeza —sugirió Jin.

La cabeza del avatar de Jax se giró suavemente hasta mirar a Jin.

—Guau. Esto es una auténtica pasada. —Movió la mano hasta tenerla frente a la cara y la miró maravillado durante un segundo.

Yo intenté hacer lo mismo y descubrí que controlar el avatar era tan fácil como moverse en la vida real.

El autobús se sacudió hacia delante. También pude sentir eso, junto con el estruendo del motor y los neumáticos en contacto con el suelo. El vehículo fue ganando velocidad y despegó de repente, como si se hubiese lanzado desde un acantilado. Se extendió una ovación por todo el autobús. Esa fue la primera vez que me di cuenta de que los otros escuadrones se agrupaban a nuestro lado. Todos se estaban acostumbrando a sus trajes, mirándose las manos y bromeando entre ellos, haciendo muecas o intentando chocar los cinco.

Miré por la ventana y solo vi nubes. Entonces surgió de la nada un monitor que mostraba un mapa de la isla y la trayectoria del autobús.

—¡Estamos en Battle Royale! —gritó Jin—. ¡Increíble!

—¡¿Nos van a lanzar ahí sin más?! —chilló Zane—. No me he estudiado el mapa. Nadie me ha dado instrucciones. ¡Esto no mola nada!

—¡Deja de quejarte! —grité—. Limítate a seguirme. Saltaremos todos al mismo sitio y exploraremos juntos. La mayoría irá a Pisos Picados. Allí hay muchísimos botines y está cerca del centro de la isla, pero estará hasta los topes. Sugeriría comenzar por el lugar más alejado de la ruta del autobús… Parece que es Aterrizaje Afortunado.

—¡A mí me suena muy afortunado todo! —reconoció Jin.

Las puertas se abrieron y sentí una corriente de aire tan real que era como si de verdad estuviese sentada en el autobús. Una alegre muchacha de pie junto a la puerta abierta, con un equipamiento de baloncesto, se giró hacia nosotros, nos saludó de manera militar y luego con la mano. Después ladeó la cabeza y fue absorbida inmediatamente por la corriente. Todos corrimos a la ventana para observar cómo su avatar descendía en picado hacia la isla. Se le abrió el ala delta justo antes de golpearse contra el suelo de Oasis Ostentoso. El resto de su escuadrón saltó y se unió a ella.

Jin se levantó.

—¡Vamos! ¡Estamos en el lugar de lanzamiento ideal para ir a AA! —Me hubiese gustado ser yo la que lo dijese, pero tenía razón él: era el momento de saltar.

Cuando estábamos junto a la puerta, grité por encima del estruendoso viento:

—Asha, tú tendrás el puesto de exploradora. Yo seré estratega. Zane, tú te encargas de la recolección. Jax, supongo que tú eres nuestro francotirador y experto en armas. —Se limitó a mirarme—. Y, Jin, tú serás nuestro carroñero. —Con todas las tareas repartidas, los saludé y me dirigí a la puerta.

La sensación de caer a trescientos kilómetros por segundo es un subidón que no puedo comparar con nada: el viento tronando en mis oídos, el suelo que se aproxima borroso rápidamente, el sentimiento de pánico… Era alucinante y terrorífico a la vez. Miré hacia atrás y vi que el resto del escuadrón estaba dirigiéndose hacia el suelo a la misma velocidad.

—¡Girad con fuerza a la izquierda! —grité cuando se abrió el ala delta de mi mochila. Agarré las asas y lo conduje hacia Aterrizaje Afortunado.

—¡Estás yendo demasiado lejos! —chilló Jin—. ¡Tira a la derecha!

No me di cuenta de que me estaba hablando a mí hasta que fue demasiado tarde. Me estrellé, pero no en Aterrizaje Afortunado, tal y como había planeado, sino cerca de una torre de baño gigantesca.

—¡Industrias Inodoras! —gruñí. Qué error de principiante.

—¿Esto es Baños Picados? —preguntó Jin.

—Me parece que te refieres a Pisos Picados. Y esto es una fábrica de váteres —contestó Zane riéndose por el auricular.

—Bueno, da igual dónde estemos. Movámonos y veamos con qué tenemos que trabajar —grité recuperándome de mi primera metedura de pata. Zane empezó inmediatamente a cortar todo lo que encontraba con su hacha, y nosotros lo seguíamos, recogiendo los trozos de madera y metal que necesitaríamos para construir.

—¡He encontrado un cofre! —gritó Jin desde la izquierda más alejada. Nos encaminamos hacia allí corriendo y nos repartió a cada uno vendas y armas. Asha se dirigió al interior, mientras que Jax fue al tejado para montar guardia.

Yo rodeé el edificio principal, comprobando el terreno para esta y futuras misiones. Cuando di la vuelta a la primera esquina, vi brillar algo a lo lejos. Corrí hasta allí y descubrí que era un cofre.

—¡Aquí hay otro cofre! —grité. Contenía un bidón de plasma, que me bebí rápidamente, mirando alrededor para asegurarme de que no había nadie cerca que me pudiese disparar mientras era vulnerable al ataque. También cogí una buena arma de defensa y algunas vendas. No era genial, pero sí útil.

Escuché disparos a través de mi auricular.

—¿Estáis todos bien? —chillé.

La voz de Jax se oía un poco ronca.

—Hay una francotiradora cerca. Voy para abajo. El arma que tengo no me daría para alcanzarla.

—Pilla un bidón de plasma si puedes —gritó Jin—. Mi hermano me dijo que gastar unos segundos en beberse un escudo puede salvarte la vida.

El contador de mi pantalla de datos había bajado ya a noventa: se habían perdido diez personas, probablemente porque habían dirigido sus ala deltas al océano. La partida estaba muy poco avanzada como para que hubiesen caído en combate. Pero los números estaban a punto de empezar a descender rápidamente. No habíamos podido hablar de ninguna estrategia ni evaluar qué experiencia tenía cada uno antes de entrar. Yo sabía que todos los equipos teníamos el mismo reto, pero, aun así, esto no era lo que me había imaginado para la primera misión. A lo mejor teníamos un momento para reunirnos…

—Reuníos conmigo en la esquina sudeste. Tendríamos que planear una estrategia.

Se oyeron disparos a través del auricular de Zane.

—Estoy un pelín ocupado en estos momentos, Blaze —gritó—. ¡Mierda!

—¿Estás bien? —preguntó Jin—. Voy para allá, Z.

Vi que estaba dentro de la fábrica, así que entré corriendo. Si le habían dado, igual podíamos aprovechar un momento y hablar mientras Zane se ponía unas vendas. Los encontré a la altura de la línea de producción. Zane estaba en cuclillas, vendándose el brazo.

—¿Dónde te han dado? —pregunté.

—Herida de gravedad en la cabeza, pero, por algún motivo, estas vendas solo me cubren los brazos. Me siento un poco mejor, eso sí —dijo Zane, tambaleándose levemente al ponerse en pie. Jin lo sujetó por el brazo—. ¡Gracias, colega! —contestó Zane.

Empezó a parpadear un aviso en la pantalla:

«El ojo de la tormenta se estrechará en tres minutos y quince segundos».

—Deberíamos dirigirnos al interior —dijo Jin—. No quiero que nos pille la tormenta.

Lo detuve antes de que echara a correr:

—Necesitamos una estrategia. Hablemos un minuto.

Jin se libró de mí.

—No tenemos un minuto. Hablaremos sobre la marcha.

Asha corría hacia nosotros presa del pánico.

—¡Chicos, ahí estáis! La tormenta se está cerrando. ¿Qué quiere decir eso? ¿Dónde vamos?

—Por la rampa —dijo Zane—. Seguidme.

No tuve tiempo de discutir… o preguntarle lo que quería decir. Los otros dos corrieron tras él y lo único que pude hacer fue seguirlos. Según corría para alcanzarlos, pensaba en todas las cosas que diría en cuanto pudiésemos pararnos y reagruparnos, empezando por echarle la bronca a Zane por salir pitando y no seguir la cadena de mando. Cuando llegué al tejado, Zane ya había construido una rampa ascendente increíble.

—Te van a disparar —dijo tajante Jax. Ni siquiera le había oído llegar detrás de nosotros. Como si aquello fuese una señal, empezamos a oír tiros cerca. Devolví los disparos, errando el objetivo, pero deteniendo el ataque de fuego racheado. Zane empezó a correr por la rampa y los otros lo siguieron. Barajé quedarme atrás para protestar, pero me di cuenta de que seguir juntos era lo mejor.

Mientras los demás corríamos en línea recta, Jin daba vueltas y botaba como un conejo, dando alaridos y gritos a la vez:

—¡Parkour! ¡Guauuu! ¡Esto es alucinante!

—¡Estate quieto! —le regañé.

Pero entonces Jax se le unió, no dando botes o vueltas, por supuesto. Era demasiado guay para eso. Pero empezó a zigzaguear cuesta arriba:

—Si vas culebreando por la rampa como una serpiente, eres un objetivo mucho más difícil de alcanzar. Me sorprende que no lo supieras —me dijo al adelantarme.

Por supuesto, tenía razón. Empollarme todo esto y aprobar los exámenes con sobresaliente era una cosa, pero me di cuenta de que hacerlo de verdad y, además en un cuerpo de mentira, era otra muy distinta. Cuando llegué a lo más alto, Zane saltó de la rampa, desplegó su ala delta y planeó hacia Latifundio Letal. No habría sido lo que yo hubiese elegido, pero todos lo seguimos para mantenernos juntos.

Aterrizamos en un campo muy abierto. Asha construyó a toda velocidad unas cuantas paredes y un techo para protegernos. Una idea rapidísima e impresionante. Un arbusto con un aspecto algo sospechoso que estaba a mi derecha empezó a moverse hacia mí. Lo despaché con un disparo e inmediatamente apareció un mensaje en mi pantalla:

«Blaze ha eliminado a Aziz con un fusil».

—¡Casi caes en una *arbuscada*! —gritó Jin riéndose.

—Buen tiro —dijo Jax parcamente para después echar a correr.

—¿Dónde vais? —pregunté molesta porque aún no habíamos podido planear nada. Me habría gustado tomarme unos minutos para construir un fuerte para protegernos y reagruparnos, pero nadie seguía mis órdenes.

—No hay tiempo —gritó Jax por encima del hombro—. Es una batalla. Voy a atacar.

Jin, Zane y Asha se miraron entre ellos y pareció que se comunicaran sin decir una sola palabra. Se armaron y salieron corriendo detrás de Jax. Una vez más, ahí estaba yo, acatando órdenes en vez de liderar, furiosa por dentro y repasando mentalmente todo lo que habíamos hecho mal.

No vimos venir la granada. Un dolor punzante me sacudió el cuerpo desde los dedos de los pies hasta los ojos. Un rayo de luz. Cinco drones sobrevolándome. Me vi a mí y a mis cuatro compañeros de equipo de pie en una plataforma de aterrizaje mientras se sucedían los mensajes en nuestras pantallas de visión:

«Zoe ha eliminado a Blaze con una granada».

«Zoe ha eliminado a Jax con una granada».

«Zoe ha eliminado a Zane con una granada».

«Zoe ha eliminado a Jin con una granada».

«Zoe ha eliminado a Asha con una granada».

De repente volví a tener consciencia de mi cuerpo real cuando se relajó la tensión de mi consola y me empujó suavemente hacia atrás hasta que estuve de pie. Vi al resto del equipo de vuelta en la habitación, estirándose y frotándose los músculos para desentumecerlos. Me dolía todo el cuerpo y estaba más cansada de lo que había estado en toda mi vida.

—Bueno, ha sido la caña, ¿no creéis? ¡Hemos hecho bastante daño antes de palmarla! —farfullaba Zane en su argot del *outback*—. ¡Bien por ti, Blaze, por enjaretar un tiro! —Me dio un manotazo fuerte en la espalda, haciendo que me retorciera de dolor. No me había dado cuenta de que también tenía la espalda molida.

No pude contener mi ira ni un minuto más.

—¡Qué demostración más vergonzosa! ¡Lo hemos hecho fatal! ¡Ha sido patético!

Jax me puso la mano en el brazo.

—Aquí no —dijo suavemente—. Aguanta hasta que lleguemos a los barracones.

Tenía razón, claro. Las paredes eran de cristal y obviamente no estaban insonorizadas. Miré por toda la sala de avatares y vi que todo el mundo estaba aún enchufado a sus terminales. Habíamos sido el primer equipo en perder. Y probablemente el único equipo de la historia en el que todos sus componentes eran eliminados a la vez de un solo disparo. Sabía que mi padre se enteraría y que no se volvería a hablar de otra cosa en mi familia a la hora de la cena. Me pregunté si no sería muy tarde para pedir que me reasignaran a otro escuadrón. Solo tenía que destacar lo suficiente frente a esta panda de perdedores para que me transfirieran cuando fuese el momento de las reasignaciones. Hasta entonces, puede que al menos me fuera posible trabajar en sus habilidades para evitar que nos volviesen a sacar los colores en batallas futuras.

Nos obligaron a quedarnos de pie en el centro de la sala, mirando el resto de la Battle Royale mientras iban cayendo los equipos uno tras otro y se iba estrechando el ojo de la tormenta. Todos parecían estar igual de aturdidos que nosotros, y la sala permaneció en un extraño silencio mientras veíamos la batalla final. Un par de avatares se perdieron en la tormenta y se abrasaron bajo la lluvia ácida. Al parecer se tardaba un poco en volver a tener listos los trajes, así que esos jugadores estarían fuera de servicio una temporada. No me extraña que tuviesen cadetes de más para las primeras batallas.

CAPÍTULO SEIS:
JAX

Cuando volvimos a los barracones, lo único que quería hacer era acurrucarme en la cama y dormir diez horas seguidas. Me dolían los músculos. La cabeza me estallaba. Los otros también se quejaban o, al menos, se sujetaban la cabeza y se protegían las zonas en las que les habían dado.

—Sé que fue mi avatar y no mi cuerpo el que resultó herido, así que, ¿por qué me siento tan mal? —se quejaba Jin.

Esperé a que Blaze, la sabelotodo, nos diese un largo discurso sobre la interfaz cerebro-ordenador de realidad virtual, pero se limitó a encogerse de hombros.

—No lo sé. He oído que tardas un poco hasta que te acostumbras —contestó—. Me voy a tomar algo para este dolor de cabeza que tengo. Y vosotros deberíais hacer lo mismo. Tenéis un aspecto horrible.

Entró en la habitación que compartía con Asha y volvió a asomar la cabeza para recordarnos algo:

—No lo olvidéis. La cena es a las dieciocho horas. —Esta tía siempre estaba en modo militar. Ojalá se relajara.

Zane sonrió. Jin lo miró de reojo.

—¿Qué te hace tan feliz? ¿A ti no te duele todo el cuerpo o es que a los rebeldes australianos os entrenan para no sentir dolor?

— Oh, estoy hecho fosfatina, pero que Blaze se cosque menos aún que nosotros... ¡me parto! —Zane estaba retorciéndose de risa mientras Asha, Jin y yo lo mirábamos fijamente.

—¿Te importaría hablar en cristiano para los demás? Mi traductor universal no habla argot —le dije.

—Lo siento, colegas. Quería decir que también me encuentro fatal, pero el hecho de que Blaze sepa tan poco como nosotros me parece divertidísimo. —Jin y Asha asintieron para darle la razón, y yo no iba a aclararles nada. Me fui a la cama, me tumbé, me puse un paño mojado en los ojos y dejé de prestarles atención.

Era curioso que yo fuese el único que supiese lo que eran estos sistemas y por qué hacían que todos tuviesen tal dolor de cabeza. Yo tampoco lo había sabido hasta el día anterior. No podía creer que solo hubiesen pasado veinticuatro horas desde que me habían pillado haciéndole un puente al coche de mi vecina porque se le habían caído las llaves en la alcantarilla y ya llegaba tarde para recoger a su hijo de la guardería. El policía me pilló in fraganti y me metió de un empujón en la parte trasera del coche patrulla antes de que ella o yo pudiésemos explicar nada... y no es que fuera a hacerlo. Odiaba tener que darle explicaciones a la gente. Y probablemente esa fuese la razón de que me metiese tan a menudo en problemas.

En la comisaría, el oficial me señaló un banco y me dijo:

—Si te mueves de ahí, te encierro para siempre. —Así que me quedé. Pasaron las horas. Aunque al principio me preocupaba lo que me fuese a pasar, finalmente me di cuenta de que lo peor que podían hacer era enviarme a casa. Al final, supuse que, si estaban hablando de mí, debería prestar atención. Estaban pensándose si enviarme a casa y hacer como que no habían visto nada, mandarme al reformatorio por ser aquel mi tercer arresto en dos semanas o enviarme aquí.

El sargento y los oficiales decidieron finalmente que estarían mucho mejor sin verme la cara durante un año. Y además, eso les quitaba de encima mucho papeleo. Solo lo tenían que consultar con la trabajadora social, y la trabajadora social tenía mucho que decir sobre el tema.

—No hay evidencia de que un sistema de circuito cerrado de ICO-RV basado en EEG no afecte a largo plazo en el desarrollo cerebral de un adolescente. —No tenía ni idea de qué significaba eso, pero sonaba mal.

—No tengo ni idea de lo que está hablando, señora —admitió el sargento.

La trabajadora social empezó a explicar que la ICO-RV era la interfaz cerebro-ordenador de realidad virtual que usaban para controlar los avatares. Se conecta el centro de control a tus ondas cerebrales, de manera que, cuando crees que estás moviendo tu propio cuerpo, en realidad estás moviendo tu avatar. Y cuando le dan a tu avatar, tú sientes el mismo dolor que si te hubiesen disparado a ti. Resulta que, después de todo el tiempo que llevaban los padres protestando sobre los videojuegos, no sabían que el ejército estaba haciendo todavía más daño con un juego real que se apropiaba del cerebro de los niños.

Lo más fácil hubiese sido ponerme del lado de ella, pero había otro motivo por el que tenía que coger este tren: el dinero. Si lograba aguantar todo un año, conseguiría que me diesen un sustancioso cheque por cada momento que pasara en pantalla. Hasta podía ser suficiente para sacar a mis hermanos y hermanas de aquel apartamento y llevarlos a un lugar con aire limpio y luz solar. Así fue como acabé aquí. Pero todo esto no se lo iba a contar a mis desinformados colegas de escuadrón. O decirles que el programa en el que habían estado esperando entrar toda su vida como si fuera un reality show algún día acabaría friéndoles el cerebro y también destrozándoles el cuerpo. Mientras tanto, estar aquí, aunque fuese con estos mocosos protestones, era muchísimo mejor que estar apretujado en un piso deprimente con demasiados familiares e insuficientes camas.

La puerta de la habitación se abrió de golpe.

—Son las dieciocho horas. ¿Qué hacéis ahí tumbados? Muévanse, señores. Ha llegado la cena y hay mucho de qué hablar. —Blaze salió del cuarto, dejando la puerta abierta para que la siguiéramos. Me quedé en la cama con los ojos cerrados. A lo mejor haciéndome el dormido me dejaban ahí o se olvidaban de mí.

—Sabes que va a volver ahora mismo si no salimos, ¿verdad? —le dijo Jin a Zane. No los conocía desde hacía mucho, pero ya se estaban olvidando de mi presencia, lo cual era perfecto. Nadie esperaba nada de mí, así que no decepcionaría a nadie. Me daba también la oportunidad de observarlos a todos, pasando desapercibido. Jin parecía el típico chaval despreocupado cuyo único interés era saltar por las paredes, y Asha era una cosita sonriente, rápida y peleona, pero tampoco la conocía mucho. Zane era el más interesante. Tenía algo…, cuando era capaz de saber qué demonios decía. Había oído a unos chicos decir que sus padres eran algo así como superespías que operaban fuera de la ley. Unas veces para el Gobierno y otras en contra. Yo respetaba a un tío así, uno que no acata al pie de la letra lo que dice otro por el mero hecho de que esté al mando. Pero ¿por qué estaba aquí, entrenando para entrar en el ejército? ¿Un soldado del ejército no era lo opuesto a un rebelde?

Sentí un ligero empujón en mis botas. Abrí un ojo y vi a Zane de pie junto a mí.

—Vente a por algo de comer con nosotros. Tú comes, ¿no?

Le respondí poniendo las piernas en el suelo, levantándome y siguiéndolo hasta el comedor de nuestra sala común. En realidad, la comida tenía buena pinta y olía de maravilla. Me di cuenta de que no había comido nada desde el desayuno porque mi tramitación había durado mucho. Agarré un tenedor y lo metí en la comida, dando gracias porque los demás estuviesen usando la boca para comer en vez de seguir de cháchara.

—Deberíamos hacer una sesión para conocernos los unos a los otros —anunció Blaze después de dejar su plato vacío.

La miré:

—Si hubiese una ventana en esta habitación te tiraría por ella ahora mismo.

—Tus amenazas no me dan miedo —contestó Blaze, sacando la mandíbula, pero sí que se apreciaba un cierto temor en ella. Unas palabras mías o de Zane le podían destrozar la ilusión de ser la jefa de nuestro escuadrón. Era curioso que, a pesar de todo lo que había hablado de su bagaje y entrenamiento militar, no dejara de ser una adolescente intentando encontrar su personalidad, como todos los demás—. Estaba intentando ser amable, pero si te vas a poner así, entonces pasamos directamente al verdadero tema del que tenemos que hablar: qué pasó en la isla.

—Ya te digo. La pifiamos a lo grande. —Zane apuntó su chuleta de cerdo a Blaze, asintiendo con la cabeza, y yo supuse que estaba de acuerdo.

—Estábamos cada uno a lo nuestro. No teníamos estrategia ninguna. Nadie escuchó mis instrucciones. Por eso perdimos —nos regañó Blaze como si ella fuese la profesora y nosotros sus alumnos. Me eché atrás en mi silla y esperé a ver cómo reaccionaban los demás.

—Era la primera vez que entrábamos, Blaze. Era la primera vez para todo el mundo. No nos pueden culpar por haber ido sin preparar —dijo Jin a la defensiva.

—Nadie te ha elegido como líder, Blaze. No teníamos ningún motivo para acatar tus órdenes —añadió Asha. Me gustaba por dónde estaba yendo la conversación. Cerré la boca y me limité a mirar el espectáculo.

—Si de verdad le quieres echar la culpa a alguien, deberías echártela a ti misma, Blaze —dijo Zane con la boca llena—. Vamos a ver. Te equivocaste de sitio de aterrizaje e hiciste que te siguiéramos. Te empeñaste en que nos quedásemos todos juntos, y por eso nos eliminaron a todos a la vez. Y pretendías que nos parásemos para planear una estrategia en lugar de entrar en acción y ver qué podíamos hacer. —Zane se tragó la comida y se limpió la boca—. La próxima vez, decidiremos qué papel juega cada uno todos juntos. Somos un equipo, no una dictadura. —Y sin más, Zane se levantó, llevó su bandeja al contenedor de orgánicos, arrojó la basura y abrió la puerta—. Me voy a dar un paseo. ¿Alguien se viene conmigo?

Jin y Asha se fueron detrás de él y los tres se largaron dejándome con Blaze, que parecía que iba a estallar.

—No te lo tomes tan a pecho —dije—. Es el primer día. Relájate. Se te pasará pronto. —Me levanté, limpié mi basura y anduve hasta la puerta—. Me voy a explorar un poco. ¿Quieres venir? —No sé por qué se lo pregunté, pero me alegré cuando me contestó que no con la cabeza.

Bajé por el pasillo y vi a Asha y a Zane riéndose mientras Jin corría por la pared y la usaba para hacer una voltereta. Sonreí. Aunque echaba de menos la locura de mi familia, sobre todo a mis hermanos y hermanas pequeños, casi me sentía feliz, por primera vez en mucho tiempo.

CAPÍTULO SIETE:
ZANE

Asha, Jin y yo andábamos por los pasillos, pero todo lo que se veía era un laberinto de puertas cerradas. Jin estaba literalmente saltando por las paredes, fardando de sus movimientos de parkour. Asha miraba los interminables pasillos de color blanco impoluto y hablaba sobre la sorprendente oportunidad para hacer grafitis en aquel lienzo en blanco:

—Me encantaría llenar de grafitis este sitio. Todo es aburridísimo. Es como si intentaran que pareciese lo más soso posible.

—¿Qué se supone que quieren que hagamos cuando no estamos entrenando o en combate? —pregunté en voz alta—. No he visto nada de esa tecnología tan guay de la que me hablaste antes, en la que no puedes distinguir siquiera si estás o no bajo tierra, Jin. —Miré alrededor—. De hecho, esto es bastante oscuro y deprimente.

Jin se rascó la cabeza y se encogió de hombros un poco abatido.

—Creo que mi hermano exageró un poquito sobre este lugar, ¿no creéis? Puede que solo sea para que nos parezca mucho mejor la isla.

—Todavía no hemos intentado abrir todas las puertas. —Asha giró el pomo de otra puerta por si acaso. Qué chica más optimista. Lo había intentado ya con al menos treinta. ¿Qué le hacía pensar que esta sería diferente? Por supuesto, no lo fue—. ¡Vaya! Probablemente estén cerradas porque es tarde y se supone que ya tendríamos que estar en la cama.

—¿Quién puede dormir? ¡Esta es nuestra primera noche! ¡Nuestra primera vez en la isla! ¿No ha sido alucinante? ¿No estáis deseando volver ya? —Jin rebotaba de arriba abajo otra vez. ¿De dónde sacaba la energía? A mí se me estaban cerrando los ojos y no veía el momento de irme a la cama.

Al doblar la esquina, me llamó la atención un movimiento. Me giré y vi a Jax dando zancadas por detrás de nosotros a una distancia prudencial. ¿Por qué nos estaba siguiendo?

—¿Os habéis dado cuenta de que tenemos compañía? —dije.

Jin y Asha se giraron y también vieron a Jax. Asha le saludó con la mano. Jax le devolvió el saludo, vacilante, y luego desapareció al doblar una esquina.

—¿Crees que nos estaba siguiendo? —preguntó Asha.

Jin se encogió de hombros.

—Si lo estaba haciendo, ya no. ¿De qué creéis que va?

—Yo creo que, por ahora, lo que quiere es que lo dejen solo. Ya hablará cuando esté listo. Si quiere —dije. Jax se parecía a los chavales de la calle con los que yo me juntaba en casa. No querían hacerle daño a nadie y mantenían las distancias para no meterse en problemas. Pero, como todos los chicos de la calle, Jax tenía un aspecto duro. Por lo que había dicho el oficial, era como si estuviese fichado. Pero había algo en la manera de hablar de Jax que me daba la impresión de que nos cubriría las espaldas en una batalla.

Anduvimos unos cuantos pasos más y nos sorprendimos al vernos de nuevo frente a nuestra puerta.

—O bien este lugar es circular, o nos hemos equivocado unas cuantas veces al girar —dijo Asha para después encogerse de hombros—. Da igual. Me alegro de que ya estemos aquí. ¡Me voy a la cama!

Entramos y nos fuimos aseando por turnos en el baño compartido. Me tumbé en la litera, contento porque era bastante cómoda, la verdad, e incluso más feliz todavía cuando descubrí que ya no me dolía nada. Me dormí profundamente casi al minuto, pero no soñé.

Me desperté con el sonido de una trompeta sonando atronadoramente por los altavoces de la sala principal. Saltamos todos de la cama y nos encontramos en la sala común justo cuando comenzó el anuncio:

—¡Buenos días, cadetes! —decía alegremente la voz—. ¡Os habla el sargento Velasco desde el centro de avatares! Confío en que todos hayáis dormido de maravilla en vuestros barracones y que estéis listos para empezar el día. Os hemos enviado el desayuno a la puerta. Os esperamos a todos aquí en treinta minutos para las presentaciones y nuestra primera sesión en modo Patio de Juegos. ¡Hasta ahora! —La voz se cortó.

Asha abrió la puerta y recogió la bandeja del desayuno, hasta arriba de huevos, beicon, salchichas, panqueques y muffins recién horneados.

—¡Ñam! ¡Creo que me va a gustar estar aquí! —dije cogiendo un muffin y metiéndomelo entero en la boca. Estaba calentito y delicioso, relleno de frutos rojos. Jax hizo lo mismo, mientras que Jin, Asha y Blaze se sentaron a la mesa para comer de manera civilizada—. No creo que tengamos tiempo para la mantelería y la cubertería de plata, colegas. Tenemos que ponernos en marcha. —Agarré dos salchichas y un panqueque con una mano y un vaso de zumo con la otra—. ¡Chin-chin! —Levanté mi vaso y me bebí el zumo de un solo trago, luego me metí el resto de comida que tenía en las manos a la vez en la boca—. ¡Me pido el baño! —grité, y me dirigí a asearme.

—¡Qué cerdo! —oí que decía Blaze cuando cerré la puerta. Podía oírlos a los tres hablando y haciendo ruido con los cubiertos. Sonaba casi como una casa normal. O al menos lo que yo pensaba que sería una casa normal. Quiero decir, en mi familia no éramos una panda de vándalos que comiésemos con las manos, pero mi madre, mi padre y yo éramos algo así como extraños que compartían la misma casa. Salían a horas intempestivas y dormían cuando no estaban trabajando, luchando o viajando. Había comida en la despensa y la casa estaba limpia, aunque yo apenas veía a Neria, la asistenta que, en la sombra, hacía que nuestras vidas funcionaran. Tenía la sensación de que ella sería la única que se daría cuenta de que me había ido... Y yo ni siquiera sabía cómo se apellidaba.

Terminé de lavarme, abrí la puerta y me encontré con Jax ahí de pie, esperando, con el cepillo de dientes en la mano.

—Eres rápido. Muy bien. Así puedo vivir —dijo, y me pasó por delante para entrar al baño. Era un tío de pocas palabras.

Me dirigí a la sala de avatares tan pronto como estuve listo y vi cómo iban entrando los otros cadetes. Reconocí a algunos de ellos del día anterior. Al alegre Kevin, el pobre chaval del vehículo de transporte, y a Zoe la Modelo, que fue la que nos había tumbado a todos con la misma granada. Y al imbécil que había empujado a Blaze. ¡Mírame, hasta reconozco a los vecinos! «Mamá estaría orgullosa», pensé para mis adentros, sonriendo. Llegaron los otros miembros de mi escuadrón y se reunieron conmigo en la puerta de nuestra sala de control. A las ocho y media exactas, un oficial anduvo hasta el podio del centro, acompañado por el oficial Gremble, el que conocía al padre de Blaze.

—¡Buenos días, cadetes! Qué bien que al fin os conozco en persona. Soy el sargento Velasco. Mi voz será la primera que oiréis cada mañana. Es la voz a la que debéis prestar atención a todas horas si queréis triunfar y seguir adelante, y también es la voz que tenéis que obedecer si no queréis que os saquemos de este programa. Así que, escuchad con atención y os irá fenomenal.

»Ayer celebramos por sorpresa nuestra primera Battle Royale. Muchos de vosotros conseguisteis aguantar el *farmeo*. Algunos os equivocasteis ya desde el principio al elegir el lugar en el que aterrizar. Otros intentasteis eliminar a vuestros propios compañeros. Algunos de vosotros tuvisteis la oportunidad de sentir cómo escuece la lluvia ácida en la piel. ¡Y a un equipo entero lo eliminaron con una única granada! —Hizo una pausa y la habitación al completo se empezó a reír. Mis compañeros de escuadrón y yo nos mirábamos entre nosotros horrorizados.

—¡Ay, colega, esos fuimos nosotros! —me susurró Jin. Blaze lo calló mirándolo fijamente.

—Pero, por suerte, nada de lo que experimentasteis ayer cuenta en vuestro historial. —Vi a Blaze suspirar de alivio—. No esperábamos que combatierais vuestra primera vez como expertos. Hoy, lucharéis en modo Patio de Juegos. Tendréis una hora para explorar la isla sin ninguna desventaja y sin eliminaciones definitivas antes de que llegue la tormenta. Si os eliminan, vuestro avatar se pondrá de nuevo en pie mientras el traje que llevéis no acumule demasiado daño. La única excepción es si se queda en la lluvia ácida durante mucho tiempo. Eso estropea el traje, así que os quedaríais en el Cuartel General hasta que lo repararan.

»Hay una pega —dijo, y a continuación hizo una pausa para ver el efecto que causaba en la audiencia—. Iréis entrando en el autobús por orden de clasificación, empezando por aquellos a los que ganar les va a resultar prácticamente imposible, hasta llegar a los mejores, para que todo el mundo pueda ver en qué posición estáis.

«Esto no va a ser bueno», pensé. Se me quedó el cuerpo rígido, esperando que salieran por su boca las palabras que sabía que saldrían.

—¡I-28! —gritó. Un foco nos iluminó desde el techo. Teníamos puestas todas las miradas encima—. Vosotros fuisteis los primeros a los que eliminaron. Tenéis el honor de ser los primeros. —La cara se me puso roja como un tomate. Jin y Asha se lo tomaron con más humor y empezaron a saludar alegremente a la sala.

Blaze susurraba por la comisura de los labios, como si pensase que nadie la estaba viendo a pesar de tener todas las miradas puestas en ella.

—¡Parad ya! ¡Que parecéis idiotas!

—Parecemos idiotas sí o sí —le contestó Jin susurrando—. Lo mejor que podemos hacer es admitirlo en vez de avergonzarnos.

Jin tenía razón. Levanté la mano, saludé y sonreí con él. ¿Por qué no sacarle tajada? A la larga nos vendría mejor. El sargento Velasco fue nombrando al resto de equipos, desde el último al primero, y luego se abrieron nuestras puertas de cristal y entramos.

Me coloqué en la consola, preguntándome si siempre iba a ser la misma paliza para el cuerpo o si se suavizaría con el tiempo. Moví los dedos de los pies y de las manos y me preparé para la transición. Estaba a punto de descubrirlo.

Estábamos solos en el autobús de batalla y parecían todos bastante abatidos.

—¡Venga, colegas, arriba ese ánimo! —Intenté que mi tono fuese alegre—. Si nuestras opciones son prácticamente imposibles, entonces lo único que podemos hacer es mejorar, ¿no?

Jin asintió y luego saltó de su asiento.

—Así es como deberíamos llamar a nuestro escuadrón: ¡Los Imposibles!

—¡Eso es una estupidez! —gritó Blaze.

—¡Me encanta! —dijimos a la vez Asha y yo.

—A mí me parece bien —dijo Jax encogiéndose de hombros.

—No seáis ridículos. Necesitamos algo que tenga fuerza, algo…, bueno, algo que signifique justo lo contrario a lo que habéis dicho —farfulló Blaze, intentando recuperar el control.

Me acerqué a Blaze.

—Elige de qué lado estás, colega —dije en voz baja. Abrió la boca como para protestar, pero pareció pensárselo mejor—. Déjate llevar —añadí.

El autobús se fue llenando y después despegamos, surcando el cielo. Pronto estábamos sobre Pisos Picados.

—Saltemos aquí —dijo Blaze—. Hay un buen botín y es el mejor campo de batalla para una panda de novatos como nosotros.

Nos pusimos todos en pie sin rechistar y la seguimos hacia la puerta. Aquello pareció animarla un poco. Saltamos y descendimos en picado, junto con la otra mitad de reclutas del autobús.

Aterrizamos juntos sobre el tejado negro de un patio que parecía ser parte de una doble ele. Cogí inmediatamente la primera arma que encontré. Era un fusil de francotirador. «Qué mala suerte», pensé. Ya cogería algo mejor después. Jin rompió el tejado con su hacha y nos metimos en una sala llena de armas y suministros. Blaze se tragó una poción de escudo enorme y nos lanzó a Jin y a mí una pequeña a cada uno. Asha empezó el reconocimiento de la siguiente sala y nos llamó cuando encontró un cofre. Jax nos cubría con otra arma de corto alcance potente mientras avanzábamos por el edificio.

Oí pasos, me giré y disparé a la persona que estaba a mi lado, viendo con gran satisfacción a quien acababa de eliminar. «La venganza es guay, ¿verdad, Zoe?». Me regodeé mientras pasaba a toda velocidad por encima de su avatar, tirado en el suelo. Jax le disparó de nuevo, haciendo que se teletransportara de vuelta a la zona de lanzamiento. Yo le mangué sus armas y su munición. Lo nuestro con aquella chica se había convertido en una agradable enemistad a la vieja usanza. Conseguimos descender por el edificio, a veces por las escaleras y otras rompiendo los techos y saltando. Las habitaciones estaban llenas de botín, tal y como Blaze había dicho. Nos movíamos en silencio, señalando lo que descubríamos y avisándonos entre nosotros del peligro. A partir de ahora, nos tendríamos que tomar esto en serio.

Salimos a un parque. Oí balas que me pasaron silbando, me giré y disparé un cartucho entero hacia la procedencia de estas. Me dio cierta satisfacción ver que les había dado a tres cadetes con una sola ráfaga. Todos del mismo equipo. Aunque no eliminaran a nadie en esta ronda, darle a alguien me hacía sentir bastante bien. Vi a los drones llevárselos y miré cómo planeaban de vuelta desde el cielo.

Había un ruido que procedía de debajo de los ladrillos rojos sobre los que estaba yo. Vi cómo Jin también miraba hacia abajo. Los dos empezamos a darle hachazos y nos alegramos de encontrar un cofre escondido al lado de unas tuberías viejas. Estaba lleno de botín. Lo pillamos y lo repartimos con el resto de nuestro escuadrón, luego descendimos por un camino al sur que nos condujo hasta un tramo de escaleras.

—Por aquí se va a Túneles Tortuosos —dijo Asha mientras bajábamos por ellas. Me alegré de que alguien le hiciera caso al mapa de la pantalla de visión. Yo estaba centrado en vigilar cualquier movimiento a lo lejos. No quería que nos volviesen a tender una emboscada, sobre todo si Zoe y su equipo estaban ahí fuera con ganas de vengarse.

Vi a alguien moverse por debajo y disparé, y a continuación oí la voz enfadada de Blaze diciéndome por el auricular:

—Zane, idiota, ¡deja de dispararme a mí y dale al tío que tengo detrás!

Ajusté la mira y lo intenté de nuevo, consiguiendo otro tanto.

—Lo siento, colega, no sabía que estuvieses aquí abajo.

—No pasa nada. Ahora estoy recogiendo su botín. ¡Estaba hasta los topes! —me contestó Blaze.

Nos encontramos en Túneles Tortuosos y entramos juntos en el túnel. No había mucho botín, pero nos topamos con otro escuadrón que estaba allí. Debían haber estado hablando por sus auriculares. Todos se giraron para mirarnos cuando entramos. Una de ellos levantó la mano en señal de paz. Asentí, y Jin y Asha también. Jax levantó su arma, pero Blaze se la hizo bajar.

—Es solo una reunión, Jax.

Dejamos el laberinto de túneles y subimos hasta el nivel del suelo.

El panorama de arriba era igual de intrincado, con cabañas destruidas, más senderos y escaleras que no llevaban a ninguna parte. Parecía el sitio ideal para jugar al escondite y el peor sitio a donde ir si no tenías las armas adecuadas para defenderte. Jin lanzó una trampa de pinchos cuando salimos de la choza.

—Pensad en ella como un felpudo de *malvenida* para los siguientes visitantes —bromeó.

Blaze movió la cabeza y le reprendió:

—No estamos aquí para acumular eliminaciones, Jin.

—Estamos aquí para mejorar y definir nuestras habilidades, Blaze. Y esos pinchos están muy bien definidos, ¿no te parece? —Jin salió trotando hacia el este.

Me rugía el estómago, y eso quería decir que llevábamos aquí un buen rato y que ya se estaba aproximando la hora de comer.

—¿Cuánto tiempo nos queda? —pregunté.

Blaze miró al sol.

—Veinte minutos.

Jin también miró hacia el sol y le dijo desafiante a Blaze:

—¿Cómo puedes saber la hora que es por la posición del sol?

Blaze negó con la cabeza.

—No lo sé. Solo estaba dándole más luz al visor. Tienes un contador en las gafas de visión.

Asha se rio. Esta chica siempre buscaba una excusa para sonreír.

—Todos tenemos aún mucho que aprender, ¿verdad?

Seguimos a Jin hacia el este y vimos un pequeño pueblo.

—¿Qué es ese sitio? —le pregunté a Asha. Ella parecía controlar dónde estábamos en todo momento.

—Sé que es Señorío de la Sal, pero por algún motivo mi mapa acaba de desaparecer de mi visor —contestó, dándose palmaditas en la frente—. Ay, se me había olvidado que mi avatar no lleva visor de verdad.

—Tú también has desaparecido de mi mapa —se dio cuenta Jin—. Quiero decir, te estoy mirando y puedo verte, pero no me aparece tu nombre como el del resto del escuadrón.

—Primer fallo técnico del juego —dijo Asha alegremente—. No pasa nada. Me conozco el camino bastante bien. Estamos en contacto.

Observé el pueblo de Señorío de la Sal. Tenía unas cuantas casas y una torre de vigilancia, y una gasolinera con el letrero «PASE Y ECHE GAS». Se la indiqué a Jin:

—¡Mira! ¡Un chiste de pedos!

Jin se rio y disparó al letrero. Blaze le lanzó otra mirada asesina.

—¿Qué? —preguntó Jin inocentemente—. Estoy haciendo prácticas de tiro. No le hace mal a nadie.

Descubrimos rápidamente que se equivocaba cuando una granada se dirigió directa hacia nosotros. El disparo de Jin le había revelado nuestra posición al enemigo. Jax construyó una rampa y nos escondimos debajo justo a tiempo, con lo que solo nos hirieron de poca gravedad. Blaze estaba impresionada.

—Bien pensado, Jax.

Él se limitó a asentir, luego construyó otra rampa y subió por ella con sus armas preparadas.

—Vamos a destruir al que ha hecho eso.

Me metí en acción y el resto conmigo, y tuvimos un tiroteo como Dios manda con un escuadrón enemigo. Nos turnábamos entre disparo y disparo, recargando las armas y construyendo, y yo me di cuenta de que la torre de nuestros oponentes también crecía cada vez más. Me quedé sin madera. En mi afán por explorar la isla, se me había olvidado ir recogiendo material. Afortunadamente, todavía tenía suficiente armamento y pude mantener la ofensiva mientras mis compañeros de escuadrón construían y defendían nuestro territorio.

El punto muerto al que habíamos llegado solo tocó a su fin cuando la tormenta empezó a moverse. El escuadrón enemigo saltó de su fortaleza y corrió hacia el ojo de la tormenta, y nosotros hicimos lo mismo. Justo en aquel momento, mi auricular empezó a zumbar con interferencias y oí otra voz que parecía estar muy lejos.

—Estableciendo coordenadas… Se están moviendo… se han dirigido hacia el cráter…

Otra voz la interrumpió:

—¡Te has equivocado de canal! ¡Cambia!

Volvió la primera voz:

—¡Mierda!

Y a continuación se oyó una ráfaga de interferencias fijas a través del auricular, seguida por la voz de Jin, que gritaba:

—¿Qué demonios ha sido eso? ¿Quién está en nuestro canal?

—El Cuartel General. Obviamente, nos están monitorizando —contestó Blaze sarcásticamente.

—Está claro que eso no era el Cuartel General. Nos están rastreando. Estoy seguro. —Jin estaba de los nervios, caminando en círculos y poniéndose las manos en la cabeza—. Nos están vigilando.

—¿Y quién crees que nos está vigilando? —pregunté con precaución. Yo quería creer a Blaze, pero en el fondo también sabía que en este lugar se escondían muchas más cosas de las que los oficiales nos hacían saber, o de las que nos habían contado los anuncios. ¿Era esta la prueba de la existencia de algo más grande o solo un error menor de comunicación? No estaba seguro.

—¿Tú qué crees, Asha? —preguntó Jin, buscándola a su alrededor—. Eh, ¿alguien ha visto a Asha?

Yo negué con la cabeza. Esperaba que no la hubiéramos dejado atrás en la zona de la tormenta.

—Su comunicador sigue sin funcionar. No sale en mi mapa —contestó Blaze—, pero ya es mayorcita. Nos encontrará.

Me volví a mirar hacia Señorío de la Sal, pero lo único que se veía era una ola brillante de lluvia ácida. Ojalá Asha no estuviese ahí, pero, si lo estaba, ojalá pudiese salir.

—Tenemos que volver a por ella —gritó Jin presa del pánico.

Blaze estuvo a punto de protestar, pero luego se mostró de acuerdo:

—Tenemos que permanecer juntos.

—Eso es una tontería —dijo Jax—. Esto no es siquiera una batalla de verdad. No puede meterse en líos. La volverán a llevar al centro de control y la veremos allí.

Estuve de acuerdo con Jax. Éramos dos contra dos.

—Pues yo vuelvo —insistió Jin—. Vosotros podéis continuar y seguir explorando.

Negué con la cabeza.

—Si tú vas, yo voy. Somos un escuadrón.

—Pero ¿no estás de acuerdo conmigo? —preguntó Jin. Tenía la sensación de que lo único que le hacía dudar de que tenía razón era yo. Él confiaba en mis instintos. Posiblemente mucho más de lo que lo hacía yo.

Me encogí de hombros.

—Qué demonios, es solo un juego, como ha dicho Jax. Lo mejor es que volvamos a por ella y que permanezcamos unidos.

Nos dirigimos hacia la tormenta. Una llovizna ácida empezó a engullirnos. En cuanto la neblina tocaba el traje, se producía un suave silbido y la lluvia hería al avatar. Miré a Jin, que parecía decidido a entrar en la tormenta a salvar a Asha.

—A estas alturas puede que ya la hayan eliminado —dijo Jax—. Una vez que la derriban, la salud de su avatar baja. Cuando la salud llega a cero, se la llevan automáticamente.

—¡Pues yo no me paro! —Jin siguió avanzando hasta el borde de la tormenta.

La lluvia me empapó el traje y me empezó a quemar la piel. Mi barra de salud estaba cayendo en picado. Miré hacia atrás y vi que a los demás les estaba hiriendo igual. Y a través de la lluvia, vi a Asha. Estaba a salvo, de pie dentro del ojo de la tormenta. Estaba cubierta de pintura en espray y nos estaba gritando cuando su comunicador empezó a funcionar de nuevo.

—Pero ¿qué hacéis aquí, panda de lelos? ¡No puedo ir a salvaros!

Todos miramos a Jin, que estaba aterrorizado. Se acurrucó como una bola y dejó que la lluvia le diese hasta que su barra de salud se agotó. Intenté volver al borde de la tormenta, pero ya era demasiado tarde. Me eliminaron y mi visor se fundió a negro. Abrí los ojos y vi que estaba de regreso en la sala de control, saliendo del traje y sintiendo el escozor de la lluvia ácida como si me hubiese dado de verdad.

CAPÍTULO OCHO:
ASHA

Estaba de pie en la sala de control observando cómo mis compañeros de escuadrón salían, uno tras otro, de sus centros de mando. Tenían un aspecto deplorable. Estaba a punto de hacerlos trizas por haberse metido en la lluvia ácida. Pero cuando vi sus caras, solo pude sentir pena.

—¡Estáis llenos de úlceras rojas! ¡Qué tontos! ¿No os dijeron nunca vuestras madres que hay que huir de la lluvia?

Jin me miró con tristeza.

—Pensé que te habíamos perdido en la lluvia. Fuimos a buscarte.

Lo abracé con dulzura.

—Qué bobo. Solo me fui a dejar un grafiti en una pared blanquísima con pintura en espray. Mi GPS y mi comunicador estaban caídos y luego el traje empezó a emitir un aviso de fallo. Un dron se lo llevó de regreso al Cuartel General y yo acabé aquí. Ahora están arreglando mi traje.

—Podrías habérnoslo dicho —dijo acusatoriamente Blaze—. No deberías haberte ido de nuestro lado si ya sabías que tu comunicador no funcionaba.

No tuve tiempo de contestar. La puerta se abrió y entró el sargento Como-se-llame.

—¿Qué le habéis hecho a mis trajes? —preguntó. Su tono amable y amistoso había desaparecido y en su lugar denotaba un cabreo monumental—. Se suponía que estos eran unos ejercicios inofensivos, pero ahora tienen que desintoxicar vuestros trajes de la lluvia ácida. ¡Os quedáis todos aquí hasta mañana! —Se giró para mirarme y me apuntó con un dedo regordete a la cara—. Todos menos tú. Tú te vas abajo sola a un desafío en solitario junto con el resto de cadetes. —No esperó a que le contestara, sino que salió de allí hecho una furia con el mismo enfado con el que había entrado.

—Nos hemos metido en un buen lío. —Jin sacudía la cabeza con pena—. Me sorprende que no nos hayan sacado del programa por esto. Llevamos dos de dos en meteduras de pata.

—¡Por eso somos Los Imposibles! —Me reí, estirándome para pasarle un brazo por el hombro—. No os preocupéis. Hemos sobrevivido para luchar un día más. Me quedo con eso. —Me rugió el estómago—. ¿Nadie más tiene hambre?

Blaze comprobó el horario que habían colgado en la pared mientras nosotros estábamos en la batalla.

—Parece que ahora toca la comida. Es en la cantina. Después, te tienes que ir a hacer la batalla en solitario, Asha. Sin nosotros —gruñó. Pobrecilla. Esto debía ser muy duro para ella. Llevaba entrenando toda su vida para esto y creo que nosotros éramos una gran decepción para ella.

Zane estiró sus doloridos músculos y bostezó.

—Yo estoy fiambre desde la última batalla. ¡No me vendría mal un buen emparedado!

¿Fiambre? ¿Emparedado? Este chico tenía más expresiones raras de las que yo era capaz de contar. ¡La mayoría de las palabras que usaba no las traducía mi implante de traducción universal! Supuse que «fiambre» quería decir que estaba plano, como si lo hubiesen aplastado. Así me sentía yo. ¿Y a lo mejor «emparedado» quería decir bocadillo? Caminamos junto al resto de reclutas y descubrimos que la cantina no estaba demasiado lejos. Era una cafetería grande, con bandejas y puestos de platos fríos y calientes de todas partes del mundo. Olía de maravilla. Y no solo porque tuviese hambre. Al mirar a mi alrededor, juré que probaría la comida de todos los países al menos una vez antes de que acabara la formación. En el menú del continente africano me encantó ver que tenían *pilau* keniano —arroz picante— y estofado de maíz y judías, pero seguí adelante. Quería comer algo del lugar más alejado de mi hogar. Después de dar vueltas a cada puesto, al final cogí una hamburguesa con queso y me propuse tomar sushi para cenar.

El ruido de cien cadetes hambrientos era abrumador, sobre todo para una chica de pueblo como yo. Me llevé la hamburguesa a la punta más lejana de la sala y entré en una habitación llena de cajas vacías.

Sola y relativamente en silencio, fui capaz de parar un minuto para relajarme y tranquilizarme. Le di un mordisco a mi hamburguesa, pero no tuve mucho tiempo para disfrutarlo. Las luces parpadearon y la voz del sargento

Velasco se empezó a oír por el altavoz:

—¡Quedan cinco minutos!

«Vaya donde vaya, no hay manera de esconderse de su atronadora voz. O del campo de batalla», pensé, engullendo el resto de la hamburguesa. No quería volver corriendo a la sala de avatares.

La sala de control se veía rara sin mis compañeros de escuadrón. Esperé al aviso y me enchufé a mi estación. Juré que daría lo mejor de mí y que haría que mi equipo estuviese orgulloso. En el autobús de batalla, sentí que los otros me miraban como si supiesen que yo era la única jugadora de mi escuadrón que iba a participar en esta batalla en solitario. Todo estaba en mi contra, pero en las ocasiones más difíciles era cuando mejor rendía.

El mapa mostraba un nuevo recorrido que iba directamente sobre Pisos Picados. Decidí ir a lo seguro y aterrizar allí primero, a pesar de que allí también era donde iban a aterrizar la mayoría de cadetes con sus avatares. Conocía el sitio y ya me había hecho un mapa mental. Tenía suerte en eso. Solo necesitaba ir una vez a un lugar para hacerme un mapa mental de la zona. Ojalá hubiesen arreglado bien mi traje. ¡No tenía un mapa mental de sitios en los que aún no había estado!

Dirigí mi ala delta hasta un tejado negro y enseguida recogí un arma bastante buena y munición. Varios ala deltas se aproximaban rápidamente, así que rompí el techo y me metí para caminar por las habitaciones, comprobando si los cofres, la munición y los botiquines estaban en los mismos sitios que antes. Como estaba sola, caí en que tendría que recoger también el material yo, así que rompí los muebles y acumulé algo de madera y metal según iba bajando.

Cada vez que oía pasos me escondía detrás de una puerta y esperaba en silencio a que alguien pasara de largo o entrara. Cogí una trampa de pinchos en una de las habitaciones y la arrojé a la pared donde estaban las escaleras para que nadie pudiese seguirme. Cuando llegué a la planta baja había derribado a tres jugadores y eliminado a dos. Por desgracia, la siguiente parte iba a ser mucho más difícil jugando en solitario, ya que tenía que correr campo a través en un espacio abierto desde el complejo de apartamentos hasta la próxima parada. Pero ¿cuál sería mi próxima parada? No me había estudiado el mapa. Empecé a entrar en pánico. De repente, una voz en mi oído susurró:

—He oído que Socavón Soterrado está bien en esta época del año.

—¡Jin! —grité—. ¿Dónde estás?

—Estoy aquí arriba, en el Cuartel General. Zane también está aquí.

Me alegré de oír su voz, pero también me preocupé.

—Esto es una partida en solitario. ¿Conectaros conmigo no es hacer una pequeña trampa?

—Todos pueden hablar con sus compañeros de equipo. ¿Por qué tienes que estar tú a tu bola porque a tus compañeros los hayan largado? —La manera de hablar de Zane sonaba a música celestial—. Eh, colega, pilla la pista natural que tira al oeste. —Vi un sendero verde y empecé a caminar por él—. Te lleva hasta Socavón Soterrado. Desde ahí tienes un buen ángulo para disparar desde la distancia a cualquier competidor que esté colina abajo. Solo tienes que estar al loro de los arbustos que se muevan. Esos no son colegas tuyos, ¿vale?

Corrí por el sendero, sintiéndome más segura por tener a mis amigos, a mis «colegas», cubriéndome las espaldas. Vi moverse un arbusto y le disparé con un arma de corto alcance. Un dron recogió el avatar y yo obtuve mi tercera muerte en la partida. Realicé una visual de largo alcance y vi a varios objetivos en movimiento por debajo de mí. Había algunas personas construyendo fuertes, y otros se estaban persiguiendo los unos a los otros por todas partes. Sentí que alguien me tocaba el hombro y me giré con el arma preparada. Me vi cara a cara con una adversaria vestida con uniforme militar y un arma de largo alcance. Levantaba las manos como si se fuese a rendir. No nos podíamos comunicar con palabras, pero por gestos nos dijimos que a lo mejor debíamos aliarnos y disparar juntas a la gente que estaba por debajo.

—¿Qué pensáis, chicos? —les pregunté a mis compañeros de equipo por los auriculares.

—Es una trolera. No la escuches —me advirtió Zane.

—Creo que Zane quiere decir que es una trampa. Allí está todo el mundo en plan «sálvese quien pueda». Ella no tiene todavía el arma que necesita para acabar contigo —me explicó Jin—. Ponte a cubierto.

Entendí lo que querían decir, pero decidí confiar en la chica por el momento. Ella sí que sabía disparar a largo alcance y ya había acabado con uno de los que estaban disparando desde abajo.

—Yo no le estoy dando a nada. ¿Sugerencias?

—Ponlo en tu punto de mira —dijo Jin. Puse el objetivo en el centro de la mira—. Ahora apunta ligeramente alto para dejar que actúe la gravedad. —Moví el arma muy poquito hacia arriba—. Y espera… ¡ahora! —Disparé y… ¡le di de lleno! La chica que estaba a mi lado chocó los cinco conmigo. ¡Me sentía genial!

Continuamos caminando juntas hacia el cráter una al lado de la otra, con las armas preparadas y disparando a cualquier cosa que se moviese a nuestro alrededor. Era algo bonito la forma en la que la naturaleza se había abierto camino en la zona y había ganado espacio sobre toda la basura y destrucción que quedó en el área después de que se estrellara el meteorito. Vi un resplandor dorado a lo lejos, en la caja de una camioneta, y corrí a por él, mirando por encima del hombro para ver si mi nueva compañera también lo había visto. Sí que lo había hecho y empezó a correr contra mí. Aceleré el ritmo en cuanto vi que estaba intentando llegar antes que yo al cofre y, cuando me acerqué lo suficiente, alargó el brazo para retenerme. «Hasta aquí ha durado el equipo», pensé. Saqué el hacha y la golpeé para quitarla de en medio, saltando y dando una voltereta por encima de otro coche aparcado para ser la primera en llegar. Abrí el cofre y descubrí un par de armas y una poción de escudo, que me bebí al resguardo de la caja de la camioneta.

El escudo se activó justo a tiempo, porque mi aliada convertida ahora en enemiga saltó dentro de la caja de la camioneta con las armas cargadas.

—Hoy no —grité, aunque ella no pudiese oírme.

Una vez más usé el hacha y le golpeé los pies, derribándola, para luego usar mi nueva arma automática para eliminarla del todo antes de que pudiese regenerar su salud. Y se la llevaron en el dron. Le hice un bailecito de despedida antes de saltar de la camioneta y seguir dándoles a los edificios para hallar más botín. Aunque no encontré mucho, hice un seguimiento mental del sitio como si estuviese rellenando un mapa en blanco, sabiendo que la próxima vez jugaría con ventaja.

Al salir del edificio e intentar orientarme, sonaron unos disparos por encima de mi cabeza. Me agaché y salí de allí, dirigiéndome de nuevo a la colina.

—Aquí abajo soy pasto de los francotiradores —dije—. ¿Sugerencias?

—Inténtalo con Balsa Botín —sugirió Jin—. Tira hacia el nordeste hasta que llegues al agua.

Subía por la colina hacia Balsa Botín cuando se oyó otra voz por mi auricular, tranquila pero insistente.

—Ten cuidado. ¡Hacia delante y a tu izquierda! —¡Era la voz de Jax! Saqué un arma de corto alcance y apunté mientras exploraba delante de mí. Vi a alguien agacharse detrás de un árbol y empezar a disparar. Devolví los disparos acordándome de recargar las armas.

—Construye un muro —sugirió.

—Gracias, Jax —contesté, construyendo un pequeño fuerte defensivo. Acababa de asentar el último muro cuando me empezaron a llegar disparos de todas partes—. Creo que esto es todo, chicos. ¿Sugerencias?

—Construye hacia arriba —dijo Jin—. Limítate a construir más alto y por encima. Cuando estés lo suficientemente alta, dispara hacia abajo. Siempre es mejor tener altura.

Construí hasta que se me acabaron los recursos y luego miré hacia mis atacantes, pero ya habían descubierto otro objetivo en el que centrarse. Tardé un momento en rellenar mi escudo y en ponerme un par de vendas para algunas heridas superficiales. Luego hice un grafiti en la pared de mi primer fuerte, solo para divertirme. Después salté al suelo y corrí hacia Balsa Botín. De repente, empecé a oír una pelea a través de mi auricular.

—¿Se puede saber qué demonios estáis haciendo con esos auriculares? —exigió Blaze—. ¿La estáis ayudando en una batalla en solitario?

—Estamos ayudando a nuestra colega. ¿No se supone que eso es lo que tenemos que hacer? ¿Permanecer juntos? —le preguntó Zane a Blaze.

—¡Eso es trampa! Hasta me dan ganas de contarle a Velasco lo que estáis haciendo. Os echarán a todos del programa. ¡Será la tercera falta! —Blaze estaba demasiado enfadada como para pensar con claridad.

Si nosotros no quedábamos bien, ella tampoco quedaría bien. Y yo no habría llegado ni de broma tan lejos en esta batalla si no hubiese sido por ellos.

—Estamos trabajando juntos —dijo Jin intentando que Blaze entrara en razón—. Todos los escuadrones hablan entre ellos si quieren durante la batalla. ¿Preferirías que Asha se quedara ahí indefensa? Eso no es justo, Blaze.

—¡Cuidado, detrás de ti, Asha! —gritó Zane. Pero ya era demasiado tarde. Había estado tan pendiente de la pelea que había perdido la concentración. Estaba eliminada.

Cuando salí de la estación de control de avatares, Zane, Jin e incluso Jax me estaban sonriendo. Zane me dio un gran abrazo.

—¡Has quedado la treinta y siete! ¡Guay por ti!

—Y has eliminado a cinco. ¡Algo increíble para tu primera batalla en solitario! —dijo Jin dándome una palmadita en el hombro.

—No lo podría haber hecho sin todos vosotros —dije. Le extendí mi mano a Jax y la sacudió incómodo—. Gracias por cubrirme las espaldas.

—Para eso estamos aquí, ¿no? —contestó frotándose el cuello y encogiéndose de hombros—. Deberíamos ver a dónde ha ido Blaze. A lo mejor podemos alcanzar a Velasco antes que ella y contarle nuestra versión de los hechos.

CAPÍTULO NUEVE:
ZANE

El éxito de Asha nos supo a victoria a todos. A Velasco no lo pudimos encontrar, así que nos volvimos a los barracones. Cuando giré la esquina, me quedé de piedra. Blaze y el sargento estaban hablando a la entrada de nuestras habitaciones.

—Tranquilos, colegas —dije pausadamente—. Todavía no sabemos lo que le ha contado, pero estad preparados para hablar sobre el equipo tan bueno que hacemos.

Los dos nos miraron cuando nos acercamos. Velasco sonreía, lo que nos dio algo de alivio.

—Has hecho un buen trabajo, Asha.

—Gracias, señor —respondió Asha modestamente.

—¡Todos habéis llevado a cabo un trabajo en equipo excelente! —sonrió satisfecho el sargento—. ¡Habéis subido de nivel! —Se giró hacia Blaze—: Creo que incluiré esto en el informe que les mandaré a tus padres esta noche. ¡Muy bien hecho! —Le dio una palmadita en la espalda y ella le dio las gracias de forma embarazosa. El sargento había dado por hecho que todo había sido idea de Blaze, y ella ni siquiera le corrigió, ¡la rata traicionera!

—Creo que todos tuvimos algo que ver, señor —intervine yo. No podía dejar que pensara que Blaze había tenido algo que ver con el éxito de Asha—. De hecho, Blaze acababa de entrar...

Blaze me interrumpió:

—Estoy segura de que el sargento tiene mejores cosas que hacer que escuchar cómo se consiguió la gloria en esta batalla, Zane. —Le dirigió al sargento Velasco la mejor de sus sonrisas—. ¿No es así, señor?

—Siempre tan considerada, Blaze. —Él le devolvió la sonrisa y luego se dirigió al resto de nosotros—: Id a celebrarlo con una buena cena y un sueño reparador. Lo vais a necesitar para estar frescos por la mañana. El terreno se ha puesto un poco más difícil, chicos. —Se despidió rápidamente con la mano y se fue. Blaze se encogió de hombros y entró en nuestros barracones, dejándonos a los cuatro mirándola fijamente con incredulidad.

Yo fui el primero en hablar.

—Bueno, eso ha sido muy fuerte, ¿no?

—Esa chica es muy fuerte, atribuyéndose el mérito por lo que hiciste tú, Asha —dijo Jin, negando con la cabeza.

—Debe necesitar el apoyo de sus padres desesperadamente si es capaz de sacrificar por ello su relación con sus compañeros de equipo —murmuró Jax. Yo asentí. Buena observación.

—Bueno, no dejemos que eso arruine la celebración —dijo Asha alegremente, relajando al instante el ambiente—. ¿A quién le apetece sushi?

Todos decidimos que cenar era una gran idea y nos fuimos hacia la cafetería. Asha vaciló al llegar a la esquina.

—¿Creéis que debemos ir a por Blaze? —preguntó.

—Creo que ella ha dejado muy claro a quién quiere a su lado —dije, volviendo a andar—. Prefiere ir por su cuenta, así que puede cenar por su cuenta también.

La cafetería bullía de actividad mientras los escuadrones comían juntos y se contaban las batallas unos a otros. Sorprendía ver cómo nadie se mezclaba con otros que no fueran de su escuadrón, y nosotros no íbamos a romper esa moda. En un solo día ya nos habíamos convertido en un equipo. Por lo menos la mayoría de nosotros. Yo era el único que estaba mirando a la puerta cuando Blaze entró en la cafetería. Escaneó la sala y por fin encontró nuestra mesa, con sus ojos puestos en los míos. Durante un breve instante parecía como si quisiese unirse a nosotros. Vacilé un momento, luego miré hacia abajo e hice como si no la hubiese visto.

Por el rabillo del ojo vi cómo Blaze cogía la cena y se iba, probablemente a su cuarto. No me sentí mal por ello.

CAPÍTULO DIEZ:
BLAZE

Tengo que admitir que la conversación que mantuve con el sargento Velasco no fue mi mejor momento. Pero si tuviese que volverlo a hacer, probablemente haría lo mismo. Estos reclutas de pacotilla no entendían lo importante que era, no ya solo actuar como un equipo, sino parecerlo. Ayudaron a Asha a mis espaldas, y en realidad aquello se podía considerar traición. Pero después de la victoria, teníamos que aparentar ser un frente unido. De hecho, no era mentir. Eso era lo que los demás no entendían. Estaba dispuesta a hundirme con el equipo como un equipo, así que aceptaba los elogios cuando las cosas iban bien. Todo se compensaría al final. Y ellos no se daban cuenta de eso.

Cené sola en mi habitación y dejé los platos fuera en el pasillo para que los recogiera mantenimiento en el turno de noche. Me fui a la cama pronto y pretendí estar dormida cuando Asha llegó a la habitación más tarde. Pero después me quedé despierta durante horas. Me sentía enfadada, después culpable y luego enfadada otra vez, en un círculo vicioso que duró hasta que el aviso mañanero sonó por los altavoces.

Me crucé con Zane de camino al baño, pero, tal y como había hecho en la cafetería por la noche, se hizo el loco. Lo ignoré. Si así era como iban a ser las cosas, antes o después se daría cuenta de que, si al final había que elegir entre él, el hijo de un rebelde con ninguna lealtad o formación, y yo, soldado de tercera generación con relaciones arraigadas al jefazo de esta unidad... Bueno, con eso estaba todo dicho.

Me aseé rápidamente y me dirigí a la sala de avatares antes de que los demás estuviesen listos. Quería una oportunidad para reorganizarnos y descubrir cómo recuperar mi posición de liderazgo. Puede que hubiesen mejorado el día anterior, pero las cosas se iban a poner mucho más difíciles y me necesitaban, tanto si eran conscientes de ello como si no. Mientras esperaba a que se abrieran las puertas, pensaba en cómo lo podía gestionar. Al final decidí disculparme y pedirles una segunda oportunidad. Cuando llegaron a la sala de control detrás de mí, empecé a dar mi versión:

—Sobre anoche... Siento de veras no haberle dicho la verdad a Velasco. Me pilló por sorpresa. Lo único en lo que podía pensar era en lo orgullosos que estarían mis padres cuando les dijeran que habíamos subido de puesto. —Se intercambiaron las miradas y la hostilidad que sentía en ellos pareció suavizarse—. Si queréis, puedo ir a contarle la verdad ahora mismo...

—¡Todo el mundo a sus puestos, por favor! ¡Battle Royale está a punto de empezar! —La voz de Velasco tronó por los altavoces. «Justo a tiempo», pensé, dándome palmaditas en la espalda a mí misma en mi imaginación.

—Aguantemos esta batalla. Hablaremos de ello cuando acabemos —dijo Zane subiéndose a su consola. Yo sonreí e hice lo mismo.

Cuando mi visor empezó a fundirse desde negro vi nuevas instrucciones en el cristal que tenía delante de mí. Había una lista de desafíos que teníamos que completar. Una Battle Royale de este nivel no tenía por qué ser necesariamente más difícil, pero había logros que tendríamos que completar si queríamos un buen puesto.

—¿Meter dos triples? ¡Eso lo hago yo con los ojos cerrados! —gritó Jin—. Por ahora, me encanta el nivel dos.

Miré el resto de la lista y calculé rápidamente la mejor manera de conseguir la mayor cantidad de puntos en el menor tiempo posible.

—Tengo un plan —anuncié, y luego añadí—: Si es que alguien quiere oírlo.

—Nos lo vas a contar queramos o no... —dijo Jax monótonamente. Sabía que me estaba poniendo los ojos en blanco.

El autobús de batalla apareció en el horizonte. Nos sentamos en dos filas, los unos en frente de los otros. Todos me miraban dispuestos a escuchar. Diseñé un plan de juego que tenía en cuenta todos los logros, comenzando por el punto de lanzamiento y asignando tareas dependiendo de las habilidades de cada uno. Obviamente, Asha se encargaría de buscar cofres y Jin de tirar canastas, mientras que Jax tendría el puesto de francotirador. Eso nos dejaba a Zane y a mí el papel de ayudantes, asegurándonos de tener los suministros y pociones de escudo suficientes y de cubrirnos las espaldas. Me sorprendió que todos estuviesen de acuerdo y, antes de que nos diéramos cuenta, ya estábamos en el punto de lanzamiento para ir a Ciudad Comercio.

Aunque solo habíamos estado en la isla un par de veces, empezaba a parecer una rutina familiar. Nos lanzamos en caída libre y nuestros ala deltas se desplegaron automáticamente. Ahora me resultaba más fácil guiarlo, y todos aterrizamos junto a la casa pintada de rojo y blanco sin problemas. Entré por la puerta principal, mientras Zane daba la vuelta hacia el garaje y el resto del equipo exploraba el exterior. Andar por la cocina me resultó extrañamente familiar. Me recordó a la primera casa en la que tenía recuerdos de haber vivido, en una base militar de Minnesota; la distribución era casi igual. Recogí suministros mientras registraba el piso de abajo y me detuve a beber una poción de escudo en el baño. Zane y el resto mantenían una conversación continua a través del comunicador, avisando de todas las armas que iban encontrando.

Oí sonidos de disparos a través de mi auricular, seguidos de silencio.

—¿Estáis todos bien? —susurré.

—Solo un tiro directo con mi nueva y superpoderosa arma —contestó alegremente Jax.

—¿Os lo estáis pasando todos tan bien como Jax? —pregunté intentando mantener un tono distendido. Me respondieron hablándome de dos cofres que habían abierto y del botín que habían encontrado, pero había algo más. Algo nuevo que yo desconocía.

—He descubierto un ático encima del garaje —dijo Jin—. Asha, esto seguro que lo quieres personalizar con grafitis. ¿Puedes subir?

Subí corriendo para verlo y llegué al mismo tiempo que Asha. Jin había roto la pared lateral del ático haciendo que se viera Ciudad Comercio entera. Asha sacó los botes de espray y empezó a pintar. En menos de un minuto, ya había escrito: «¡LOS IMPOSIBLES ESTUVIERON AQUÍ!». Después de echarle una última mirada satisfecha a su obra, se guardó los botes de espray y saltó al suelo.

—Mi trabajo aquí se ha terminado. ¿Lo siguiente?

Jin bajó dando saltos y se dirigió hacia el centro del pueblo.

—He visto una cancha de baloncesto abajo. Cubridme, ¡que voy a lanzar unos tiros!

Zane y Asha corrieron junto a él y los tres se fueron haciendo el tonto durante todo el trayecto hasta que llegaron a la cancha, mientras Jax y yo les cubríamos las espaldas. Se estaban riendo. Eso era lo que había cambiado: ¡nos lo estábamos pasando bien!

Obviamente, aquello no duró mucho. Los disparos nos pasaron rozando la cabeza y Jax y yo entramos en acción. Jax señaló hacia una torre que había a lo lejos desde la que otro jugador estaba apuntando. Jax y yo disparamos, derribando la torre, pero no a nuestro enemigo. Aquello no contabilizó como un disparo de largo alcance, pero neutralizamos la amenaza. Seguimos corriendo para alcanzar al resto y llegamos para ver a Jin meter canasta y hacer una voltereta para celebrarlo.

Asha empezó un baile de la victoria, pero yo lo paré.

—Hemos encontrado tres cofres y metido una canasta. Todavía nos quedan dos cofres, una canasta y eliminar a alguien con un fusil de francotirador. Lo celebraremos cuando terminemos. —Derribé la verja al fondo de la cancha de baloncesto para darle más gravedad a mis palabras y salté al terreno.

Nos dispersamos y recorrimos Ciudad Comercio, registrando camiones, habitaciones y esquinas ocultas para ver si quedaban cofres, pero ya los habían abierto todos.

—Si los cofres están abiertos, lo más probable es que haya también gente armada por los alrededores —dijo con razón Zane—. Permaneced alerta.

—¡Ahí hay un legendario! —gritó Asha—. En el suelo... ¡justo en el hueco debajo de las escaleras! —Vi cómo corría hacia allí, pero Zane le bloqueó el paso—. ¡Ay! ¿Por qué haces eso?

Zane señaló a la parte alta de las escaleras, en donde habían puesto una trampa de pinchos.

—Es una trampa. El truco más viejo del mundo.

Aliviados, fuimos andando con más cuidado por el resto del pueblo, recogiendo los materiales que sobraban. Entré en una de las tiendas y vi algo que brillaba detrás de la pared.

—¡Eh, creo que he encontrado un cofre! —No esperé a que vinieran a ayudarme. Destrocé la pared con el hacha y allí estaba, brillando y prácticamente gritando para que lo abriera. Coloqué el fusil de francotirador en la mochila y cogí una pequeña caja de munición al salir. Era la búsqueda del tesoro más útil que había hecho en mi vida. ¡Yo también me estaba divirtiendo!

Cuando salí del edificio, me encontré a mis cuatro compañeros de escuadrón esperándome fuera. Observaban un vehículo que se aproximaba hacia nosotros a gran velocidad.

—¿Qué es eso? —pregunté.

Zane inclinó la cabeza hacia un lado.

—A mí se me parece una barbaridad a un carrito de golf.

Al acercarse, comprobé que tenía razón. Era un carrito de golf todoterreno ATK. Dos conductores enloquecidos hacían derrapes en el aparcamiento.

—Esos cadetes sí que se lo están pasando en grande —dije, sacando mi arma de corto alcance—. ¿Qué os parece si los eliminamos para darles una lección? —Zane estuvo de acuerdo y los apuntamos como si fueran el blanco móvil de una caseta de feria.

—¡Pan comido y servido! —gritó después de que les diéramos—. Ni siquiera nos vieron venir. —Solo estaban abatidos, no eliminados, pero no vi a ninguno de sus compañeros de escuadrón correr a auxiliarlos. Podríamos haberlos ayudado, pero, después de todo, esto era un juego de guerra y nosotros técnicamente éramos el enemigo—. ¿Qué os parece si nosotros conducimos también un ratito? —rio Zane.

Cuatro de nosotros nos apretujamos dentro del ATK y Jax subió al techo del carrito. Zane era un conductor intrépido y dimos una vuelta completamente a lo loco.

—Pero ¿tú sabes siquiera conducir esta cosa? —pregunté agarrándome con fuerza, olvidándome por un momento de que solo estaba controlando un avatar y de que no estaba de verdad en aquel carrito.

—No está mal para ser la primera vez que conduzco, ¿eh? —dijo Zane guiñando un ojo.

Empezó a dirigirse a Latifundio Letal, pero lo detuve.

—Allí es todo campo abierto. Vayamos mejor al desierto.

Se encogió de hombros y giró a la izquierda.

—Mientras pueda conducir, me da igual. —Dio un viraje brusco para evitar una trampa que había en la carretera—. ¿Estás bien ahí arriba, Jax? —preguntó.

—Mejor que nunca —contestó él alegremente—. Tú sigue haciendo lo que estás haciendo.

Llegamos a una carretera.

—¿Alguien sabe a dónde lleva esto? —preguntó Zane.

Miré alrededor.

—Si no supiera que es imposible, diría que a Utah. —Al haberme criado en el ejército, había viajado por carretera más que cualquiera que hubiese conocido en mi vida. Había estado en los cincuenta estados al menos dos veces, pero las gigantescas formaciones de roca de Utah y su paisaje, que parecía que no se acababa nunca, eran mis favoritos.

Asha habló.

—Yo no tengo ni idea de qué es Utah, pero estamos en Oasis Ostentoso. Esta carretera debería seguir hasta un club de moda que hay todo recto y… —Se detuvo a mitad de la frase y se limitó a señalar. Seguí su dedo y me quedé mirando boquiabierta las inmensas estatuas que había delante de mí.

—¿Dinosaurios?

Zane detuvo el ATK con un chirrido y todos salimos del carrito para observar mejor, sintiéndonos durante un momento más turistas que guerreros. Pero el peso de mi mochila me hizo recobrar la memoria y saqué mi arma en caso de que tuviésemos problemas. Jax se subió de un salto a un dinosaurio de cuello largo mientras el resto nos maravillábamos ante las inmensas estatuas desde abajo.

—Tengo a tiro a alguien. ¿Tenéis un fusil de francotirador para dejarme? —preguntó Jax. Arrojé una plataforma de lanzamiento y salté en ella para alcanzarle el arma, para después deslizarme por el cuello del dinosaurio.

—¡Yihaaaa! —grité con alegría. Ese grito era una de mis cosas favoritas que aprendí durante mis días de vaquera en Wyoming.

Todos contuvimos el aliento mientras Jax apuntaba y disparaba. Apareció un mensaje en mi pantalla de visión.

«JAX HA DISPARADO A MINKA CON UN FUSIL DE FRANCOTIRADOR».

Jax dio un alarido y también se deslizó por el cuello del dinosaurio. Todos chocamos los cinco. «Francamente, tengo un gran equipo», pensé. En aquel momento estuve segura de que el papel de líder se me iba a dar realmente bien. Nos volvimos a subir al ATK, pero no habíamos llegado muy lejos cuando Asha le pidió a Zane que parara el carrito. Asha saltó y empezó a correr. Zane la cubrió, y de hecho derribó a un par de cadetes que habían empezado a seguirla. Llegó a un cofre y lo abrió y, cuando estaba a punto de recoger el botín, dos cadetes más salieron de entre las sombras en dirección a ella.

—Has abierto el último cofre y has completado el desafío. ¡Olvídate del botín! ¡Venga, movámonos! —gritó Jin. Asha regresó corriendo al carrito y volvimos a la carretera.

Asha miró a su alrededor a salvo por fin dentro del vehículo.

—¿Estamos haciendo trampas? Quiero decir: vamos más rápido que nadie y esa es una ventaja bastante buena… —Yo me encogí de hombros. No había nada escrito en contra de ello. A mí me parecía bien.

De repente, Asha se desplomó en su asiento.

—¡Le han dado! —gritó Jin. Sacó rápidamente un botiquín y la curó.

—Gracias —gimió Asha—. ¡Qué bien me ha venido! —Miró a su alrededor—. ¿De dónde ha salido ese disparo?

Como respuesta a su pregunta, oyeron sonar un disparo a través del comunicador de Jax.

—¡No volverá a hacer eso en esta partida!

Apareció un mensaje en pantalla: «Jax ha disparado a Jackie con un fusil de francotirador». Y así Jax consiguió dos tiros con fusil de francotirador en esta partida. ¡Estaba que se salía!

Apareció otro mensaje en pantalla: «El ojo de la tormenta se estrechará en tres minutos».

—¡Pisa a fondo, Zane! Tenemos que llegar al centro de Oasis Ostentoso antes de que se estreche el ojo —dijo Asha—. Solo espero que allí la canasta no esté hasta los topes, porque ahí es donde se está cerrando el ojo.

Llegamos a una cancha de baloncesto destrozada y Jin salió del ATK a toda pastilla.

—¡Yo me encargo de esto! —gritó, pero había saltado sin mirar. Ya había otros dos cadetes tirando a canasta en la cancha. Me di cuenta de que, mientras estuviesen tirando a canasta, no irían armados. Asha y Zane también se dieron cuenta de ello. Derribaron a aquellos dos lanzadores distraídos y los dejaron allí para que se curaran o para que los encontraran sus compañeros de escuadrón, mientras nosotros nos reunimos alrededor de Jin para apoyarlo en su último disparo. Falló los primeros dos tiros y respiró profundamente antes de volverlo a intentar. A través de la pantalla de visión vi que éramos cinco de las quince personas que quedaban en la isla. Nos faltaba eliminar a alguien con un tiro de francotirador para conseguir los tres objetivos. Jin se sujetaba la mano, pero seguía fallando. El ojo de la tormenta se estrecharía de nuevo muy pronto y nos estábamos quedando sin tiempo.

—Asha, ¿puedes cubrir a Jin mientras completamos el último desafío? —le pregunté. Ella asintió y Jax, Zane y yo nos fuimos a buscar algún sitio elevado desde el que disparar. Estábamos a cubierto de unos arbustos bajos cuando vi a un equipo de cuatro cadetes por encima de nosotros, en un saliente.

—Podemos derribar a uno de ellos, pero necesitamos un plan —dije pensando en alto.

Zane le puso la mano a Jax en el hombro. Con la otra mano, señaló el arma de Jax y luego al equipo del saliente.

—Les distraeré. Vosotros matadlos —dijo.

—Te eliminarán —se limitó a decir Jax.

Zane se encogió de hombros.

—Pero ganaremos el último desafío —le contestó. Podría haberlo parado, pero no se me ocurrió una idea mejor, y yo desde luego no me iba a poner a tiro.

Zane contó hasta tres y corrió campo a través. Los cuatro cadetes cayeron en la trampa y empezaron a disparar a

Zane, derribándolo primero, para luego eliminarlo completamente. Jax no esperó ni un segundo. Salió de detrás de la roca, apuntó y disparó, derribando a un cadete llamado Malik, que se cayó por el precipicio y fue eliminado. Los otros dispararon a Jax, que fue herido y cayó junto a mí detrás de la roca. Al mismo tiempo oí un grito a través del comunicador. Jin había conseguido meter la canasta. ¡Habíamos completado el desafío! Corrí para encontrarme con ellos en la cancha, donde los tres celebramos la hazaña antes de que otros dos jugadores, que venían a lanzar sus últimas canastas, nos tendieran una emboscada, y antes de que el ojo de la tormenta se cerrara para siempre. No ganamos, pero ¡nos supo a victoria!

CAPÍTULO ONCE:
JAX

Salí de mi consola y estiré mis doloridos músculos. Tenía el cuerpo destrozado y el cerebro también lo tenía bastante frito. Al menos habían parado los dolores de cabeza. Nos estábamos acostumbrando a tener el cerebro conectado, y también parecía que nos estábamos acostumbrando los unos a los otros. La mayoría de nosotros. A ver, ¿qué era eso de que Blaze se largara sin curarme? Qué frialdad. Sobre todo, después de que se hubiese llevado las flores por haber ayudado a Asha. Y tampoco confesó que fue ella la que la distrajo y por eso eliminaron a Asha esa noche. Si me hubiesen preguntado, cosa que nadie hacía ahora que lo pensaba, hubiese dicho que era una egoísta de tomo y lomo. Al final, yo me quedé más tiempo que ella, lo que para mí era casi una victoria.

Todos salieron de sus consolas y fueron al centro de la sala de avatares a esperar los resultados. Estábamos encerrados junto con algunos de los chavales a los que yo había reconocido por sus avatares en la partida. Aunque no me sabía el nombre de ninguno de ellos. Era muy raro ser conscientes de que teníamos más contacto con nuestros compañeros cadetes cuando eran avatares que en la vida real.

Se levantó un murmullo general cuando aparecieron los resultados en la pantalla. I-28 era el cuarto. Pensé que no estaba mal. Velasco explicó que nos habían dado puntos por terminar el desafío y además puntos adicionales en función de la gente que quedase viva cuando nos eliminaron. Los tres mejores equipos cambiaban de nivel, lo que nos convertía en los favoritos de la próxima ronda.

—Cambiando de tema —la voz de Velasco se elevó por encima del ruido de la multitud—, os pasaréis las siguientes dos semanas entrenando en vuestro nivel con vuestro escuadrón. Todos menos los tres primeros entrenarán en modo Patio de Juegos y darán clases de lucha y estrategia. Los equipos uno, dos y tres, por favor quedaos para que podamos hablar sobre cómo reducir vuestro escuadrón a cuatro miembros. —Esperó a que la sorpresa y la conversación que se había levantado entre la multitud se disipase y añadió—: Tenéis libre el resto del día. La cena es a las dieciocho horas en la cantina.

La multitud se iba haciendo cada vez más y más pequeña según se iba yendo el resto de escuadrones. Me fijé en que Blaze y Asha estaban alejadas en una esquina, discutiendo.

—¿Lo dejaste allí sin más? —gritó Asha.

—Pensé que lo habían eliminado, supongo —contestó Blaze—. A ver, tú gritaste y yo salí corriendo. ¿Y si necesitabas ayuda?

Si no hubiese sabido que estaban hablando de mí, la mirada de culpa de Blaze en mi dirección la habría delatado.

—Formar parte de un equipo significa cuidarnos los unos a los otros. —Asha se negaba a pasarlo por alto.

—No pasa nada. Lo haremos mejor la próxima vez —dije tranquilamente. Aunque no estaba realmente de acuerdo con lo que Blaze había hecho, y tendría que pasar bastante tiempo para que lo olvidara. Solo quería que Asha dejara el tema y volviese a ser la persona irritantemente feliz que era. Era muy raro verla enfadada, porque siempre era positiva y optimista. Me hacía sentir incómodo no verla así.

Blaze respiró hondo y se giró hacia mí:

—Siento haberte dejado allí, ¿vale?

A decir verdad, no parecía sentirlo en absoluto.

—Lo que tú digas. Dejémoslo ya —dije encogiéndome de hombros. Cuando me iba, miré y vi a Velasco observándonos fijamente. La habitación ya estaba bastante vacía en aquel momento. Probablemente habría oído la conversación entera, pero no había nada que yo pudiese hacer. Si la había oído, el siguiente paso lo tendría que dar él.

Vi a Zane y Jin más adelante. Estaban marchándose de la sala de avatares. Quería alcanzarlos, pero no estaba seguro de qué decir. Estuve rondando un rato por los alrededores y esperé una oportunidad. Jin estaba recordando cómo había logrado el último tiro justo cuando estaba a punto de perder toda esperanza. Hablaba y movía las manos animadamente. Parecía muy emocionado. Me pilló mirándolo y en ese momento paró y le dio un codazo a Zane.

—Eh… —empecé. Me froté la nuca. Era una costumbre que tenía cuando no estaba muy seguro de qué decir, lo que me pasaba la mayor parte del tiempo—. Hola.

Los dos me sonrieron y me esperaron hasta que los hube alcanzado.

—Gracias por lo que hiciste en el juego —le dije a Zane.

—No hay de qué, colega. Me llevé una por el equipo. Tú habrías hecho lo mismo, ¿no? —Zane me dio una palmada en la espalda de una manera que consideré amistosa.

—Sí, supongo —respondí tontamente. Y luego me giré hacia Jin—: Muy buen trabajo con el aro. —Jin sonrió a lo grande. Parecía estar muy orgulloso de haberlo logrado, y eso era bonito de ver.

—Fue una pasada cómo te subiste a lo alto del vehículo y aguantaste todo el trayecto —dijo Jin.

—Y tu habilidad con el fusil es alucinante —añadió Zane.

Me di cuenta de que yo también me sentía bastante bien. Ya no tenía nada más que decir, así que me contenté con caminar junto a ellos mientras volvían a su conversación, recordando cada segundo de la batalla.

Llegamos a nuestros barracones y vimos a un grupo de pie junto a la puerta de su habitación, justo al lado de la nuestra.

—Eh, ¿qué tal, Kevin? —dijo Zane alegremente.

El chico que obviamente era Kevin se echó hacia atrás nervioso.

—Eh… oh…, hola. Supongo que somos vecinos, ¿no? Siento lo que pasó antes en el tren… —Supe que estaba a punto de hablar nerviosamente sin parar si alguien no le frenaba. Era todo lo contrario a mí. Yo siempre cerraba la boca si no sabía qué decir. Kevin era el tipo de persona que soltaba una palabra tras otra esperando que alguna de ellas fuese al fin la correcta.

—No te preocupes, colega. En realidad, solo te estaba vacilando. Los nervios del primer día y todo eso —dijo Zane. Cuando llegó a la base, parecía estar todo el rato con la mosca detrás de la oreja, como si no supiese qué esperar. Ahora parecía estar pasándoselo en grande.

—Así que, ¿vosotros sois el equipo número cuatro? —preguntó el compañero de escuadrón de Kevin—. Me llamo Malik, por cierto.

El nombre me resultó familiar, y luego me acordé del letrero que había parpadeado en mi pantalla después de disparar la última vez.

—Soy Jax. Siento haberte rematado.

Malik me dio la mano, sonriendo.

—Y yo siento haber derribado a tu amigo. Fue una batalla muy igualada. Qué buena táctica sacrificar a uno de los vuestros para distraer al resto.

—Eso fue idea de Zane —admití, esperando que el resto del escuadrón me relevara en la conversación.

—Bueno, y entonces ¿qué pasa con vuestro escuadrón ahora que subís de categoría y os convertís en un equipo de cuatro? —preguntó Jin.

Malik y Kevin sonrieron a la vez.

—De hecho, ha resultado genial —dijo Kevin—, porque teníamos a alguien que no terminaba de encajar…

Malik le cortó.

—Tampoco tienen por qué conocer todos nuestros secretos, Kevin. Pero al final, todo ha salido bien. —Malik abrió la puerta de sus barracones y, cuando estaba a punto de entrar, se giró—. Por si no lo sabéis, el Cuartel General ve y escucha cada cosa que pasa tanto en el campo de batalla como en nuestros barracones. No penséis que, porque cerréis la puerta o habléis más bajo, Velasco y el resto no os van a oír. —Nos dijeron adiós con la mano y se fueron a sus habitaciones, dejándonos a los tres con la duda de qué más no conocíamos de este lugar y quién de nosotros saldría del escuadrón una vez que cambiáramos de nivel.

CAPÍTULO DOCE:
JIN

Lo sabía. Sabía que nos observaban en todas partes. ¿Por qué no lo iban a hacer? Estábamos en su mundo y habíamos renunciado a todos nuestros derechos de privacidad cuando nos apuntamos. Habría sido estúpido pensar que lo único que querían hacer era observarnos mientras estuviésemos en combate o entrenando. Pero había algo que no estaba claro: ¿por qué? ¿Qué tipo de información obtenían de nosotros? ¿Era solo para ver qué tal nos iba en el curso o estaban buscando algo más? En algunos casos, podía entender que hiciese falta vigilarnos. Como, por ejemplo, en el caso de Zane: un rebelde infiltrado podía significar una amenaza para toda la organización. Pero ¿chavales como nosotros? Mejor que ninguno de los jefazos supiese que yo ya tenía mis sospechas sobre este lugar. De momento tendría que mantener en secreto mis ideas.

Cenamos como un escuadrón en la cantina. Cada uno de nosotros cogió platos de comida de diferentes países y los colocó en el centro de la mesa, para que todos pudiésemos probar lo máximo posible. Me encantó el pan de queso brasileño y me pareció que el chili de Texas estaba bastante sabroso. Pero no fui capaz de probar la *poutine* canadiense, que parecían patatas fritas, pero con queso y salsa por encima, aunque a Jax le gustase tanto que repitió. Sin habernos puesto de acuerdo, mantuvimos una conversación ligera, hablando solo de la comida y comparándola con la de nuestras casas. Era la primera vez que habíamos tenido una conversación normal. Y me gustó que nos limitáramos a hablar y comer, como hacía en el colegio.

Cuando llegó el momento del postre, Jax y Blaze insistieron en que mi vida no estaría completa sin probar un Banana Split. Pero antes de que pudiese volver al bufet, el oficial Gremble vino a nuestra mesa con semblante serio. Blaze fue la primera a la que saludó.

—El sargento Velasco me ha pedido que os venga a buscar a ti y a tu escuadrón. Tiene una noticia importante que daros.

Nos miramos extrañados. Estábamos todos de bastante buen humor después de haber conseguido tan buena posición en la batalla de la tarde, pero ¿y si eso no había sido suficiente para que no nos castigaran? Nos levantamos y seguimos a Gremble fuera de la cantina.

—Necesitaremos un portavoz. Yo seré la que hable —susurró Blaze cuando el oficial no podía oírla.

Jax puso los ojos en blanco, lo que me valió para saber el respeto que sentía hacia ella. Miré a Asha y me encogí de hombros. Me sonrió.

—A lo mejor son buenas noticias.

Me encantaba su optimismo, pero aun así me esperaba lo peor.

Seguimos al oficial escaleras arriba hasta una nueva área del recinto que no habíamos visto nunca. Se acercó a una puerta cerrada que se abrió con un clic después de escanearle el ojo. La puerta daba a un edificio de oficinas normal y corriente con ventanas de verdad y vistas al paisaje desértico. La brillante luz del sol natural fue un soplo de aire fresco, pero nuestra vista no duró mucho. Nos condujo hasta una oficina muy lujosa pero sin ventanas, con sofás de cuero, plantas de interior y un espejo enorme que ocupaba toda una larga pared. El oficial nos pidió que nos sentáramos y después se fue a por el sargento. Se parecía al despacho del director de mi colegio. Ese pensamiento me hizo sospechar aún más que estábamos metidos en un buen lío. Después de lo que Kevin y Malik habían dicho antes, no nos atrevíamos a hablar, sabiendo que probablemente nos estaban escuchando, o incluso observando, mientras esperábamos.

Casi no reconocí al sargento Velasco cuando entró. Llevaba una camisa de manga corta y unos vaqueros.

—Perdonad las pintas —dijo cuando se sentó en el sillón de cuero frente a mí—. En circunstancias normales, me voy a casa una vez que acaban las batallas, pero... bueno... recapitulemos.

Ahora estaba francamente preocupado. Había regresado solo para hablar con nosotros. Teníamos problemas, pero de los gordos.

Movió la mano y bajó una pantalla sobre la pared en blanco que estaba enfrente de la del espejo, con una imagen congelada de la batalla.

—¿Alguno reconocéis esta foto? —preguntó.

—Eso es de cuando Jax le pegó un tiro a alguien. A Minka, creo recordar —contestó Zane. Blaze le dirigió una mirada de odio. Ella quería ser la única en hablar, pero Zane seguía con los ojos puestos en Velasco, ignorándola.

—Muy bien, Zane. Sí, Jax derribó a Minka, pero ella fue la última de su equipo a la que eliminaron. Debido a un fallo en el sistema, el dron nunca llegó a recoger su avatar —explicaba mientras la imagen tomaba vida. Volvió a poner la escena entera, en la que se veía a una Minka sorprendida que se levantaba, recogía su arma y corría hacia la cancha de baloncesto en la que Jin estaba tirando a canasta. Minka siguió hasta completar el desafío para su equipo, haciéndoles quedar en tercera posición en la competición.

—¡No se merecían esa victoria! —exclamó Zane.

—Efectivamente. Sois vosotros los que tenéis que subir de nivel —explicó Velasco.

Nos miramos los unos a los otros, sonriendo. Habíamos pasado de ser los que más imposible y difícil lo tenían para poder ganar a estar entre los tres primeros del nivel dos. Teníamos todos un gesto de sorpresa, mezclado con alivio y orgullo.

—Sin embargo, tal y como recordaréis, esto significa que tenéis que elegir a un líder y reducir los miembros de vuestro escuadrón a cuatro. —Hizo una pausa para que asimiláramos la información.

Se me cayó el alma a los pies cuando miré al grupo. Alguien tendría que irse y otro ser el nuevo líder. Yo no tenía valor para elegir. ¿Lo tendríamos alguno?

—Al final, lo elegiremos nosotros, pero nos gusta tener en cuenta vuestros votos.

—Si es su elección, ¿qué sentido tiene que votemos? —dijo Jax duramente, cruzando los brazos en el pecho. A veces parecía más rebelde que Zane.

—Bueno, Jaxon, te lo creas o no, os respetamos. Vosotros veis cosas que nosotros no vemos. Experimentáis cosas juntos que nosotros no podemos valorar. Y eso lo tenemos muy en cuenta —dijo el sargento—. Pero también vemos cosas que vosotros no veis, y eso también lo tenemos que sopesar. Creemos que somos francamente justos en este tema. —Jax se limitó a poner los ojos en blanco. El sargento se levantó y nos dio a cada uno una tableta. En la pantalla había dos palabras: «LIDERA» y «ABANDONA», con un hueco para que nosotros pusiésemos el nombre que quisiéramos respectivamente. Se fue hacia la puerta.

—Volveré en cinco minutos. Podéis hablar entre vosotros. Aquí no hay micrófonos ni cámaras escondidos.

La puerta se cerró con un clic, dejándonos a los cinco en silencio con las tabletas en la mano.

—Vale. ¿Qué es lo que acaba de pasar? —preguntó Asha—. Así que, ganamos, pero ¿ahora tenemos que elegir? ¿Y cómo lo decidimos?

Miré por toda la habitación, completamente convencido de que Velasco nos había mentido y de que estaba en otra sala observando cada uno de nuestros movimientos, pero no vi ninguna cámara.

—Antes de que empecemos a hablar del tema, ¿de verdad pensáis que no nos están observando? —pregunté.

—Dijo que aquí no había ni cámaras ni micrófonos. No dijo que no fueran a vigilarnos. —Zane señaló al espejo de la pared opuesta—. Un espejo de observación unidireccional —explicó.

No me sorprendía, pero no iba a responder. Así que, esto iba a ser así. Nos iban a observar todo el rato. Decidí mantener la boca cerrada y me centré en la tableta. No tardé mucho en decidir lo que quería. Vi que los demás también miraban sus tabletas y terminaban igual de rápido. Estaba claro que todos pensábamos lo mismo.

En cuanto dejamos las tabletas, Velasco entró de nuevo en la habitación.

—Gracias por votar, y gracias por venir. Vuestro voto coincide con el nuestro. —Se fue hacia Blaze y le dio un apretón de manos. Ella cogió su mano con una sonrisa de oreja a oreja, segurísima de que la estaba felicitando—. Lo siento, Blaze, pero ha sido unánime.

Su sonrisa se transformó en una mirada de estupefacción absoluta.

—Espere… ¿cómo? ¿Yo… estoy… fuera? —Nos miró a todos uno a uno—. ¿Y ha sido unánime?

Velasco agarró suavemente a Blaze por el codo y la ayudó a levantarse.

—Lo siento, Blaze, de verdad que sí. Sé cuánto significa para ti y para tu familia este programa. Pero es lo adecuado…

Blaze se deshizo del brazo del sargento que la sujetaba.

—¿Lo adecuado? —gritó—. Pues yo diría que no es para nada lo adecuado. Llevo formándome militarmente toda mi vida, mientras que este absurdo grupo de marginados acaba de llegar sin tener ni puñetera idea. ¿Sabe lo difícil que es trabajar con gente así? —Cogió mi tableta y la miró, y luego a mí—. ¿En serio, Jin? Te apoyé. Os dije a todos exactamente lo que había que hacer. Fallamos porque nadie me hizo ni caso. —Lanzó la tableta al suelo y se rompió en pedazos. Luego frunció el ceño, cerró los puños y empezó a saltar encima de los trozos rotos, gritando, mientras el resto la mirábamos fijamente.

Cuando terminó, Jax habló con toda la tranquilidad del mundo, como siempre:

—No fallamos. Lo logramos porque trabajamos en equipo. Tú fallaste porque nos dejaste tirados. Una líder de verdad no se largaría después de que hubiesen disparado a un compañero de equipo. Una líder de verdad tendría en cuenta todos los detalles antes de elaborar ningún plan. Y una líder de verdad pediría perdón cuando supiese que ha cometido un error.

Aquello era lo más largo que cualquiera de nosotros hubiésemos oído decir a Jax del tirón, pero sus palabras dieron en el clavo. Sin embargo, Blaze era incapaz de aceptar que sus palabras fuesen ciertas. Dio un manotazo al aire.

—Lo que tú digas. Si eso es lo que pensáis de mí, entonces no podremos trabajar como un equipo en la puñetera vida. —Se dirigió a la puerta—. Yo me largo de aquí. Me voy a recoger mis cosas. Me pueden enviar mi nueva misión a mi antiguo barracón. Estaré feliz de quitarme de en medio a esta gente y empezar desde cero con un nuevo escuadrón. —Intentó tirar de la puerta para abrirla, pero no se movió. El sargento presionó un botón en su reloj de pulsera y la puerta se abrió lentamente. Blaze pasó antes de que la puerta se abriera del todo, dejándonos a todos mudos de asombro.

El sargento se aclaró la garganta y todos lo miramos.

—Bueno, y ahora el nuevo líder —dijo, girándose hacia Zane—. El puesto es tuyo si lo quieres.

CAPÍTULO TRECE:
ZANE

Cuando Velasco me ofreció el puesto de líder del escuadrón, dije que sí como un tonto. No podía rechazarlo, pero no entendía por qué me habían elegido a mí… Y todos habían votado por mí: mis compañeros y el sargento. Bueno, todos menos Blaze, que obviamente se había votado a sí misma. Acepté aturdido la enhorabuena de Jin, Asha y Jax. Luego les dijeron que volvieran a los barracones y a mí que me quedara un momento. El sargento y yo nos volvimos a sentar en los sillones de cuero, cara a cara.

—Bueno, ¿qué opinas? —me preguntó Velasco.

—Estoy halagado de que mis compañeros me hayan elegido. ¡Ya te digo! Pero, caramba… No sé si valgo. Si no los hubiese visto votar, hubiese pensado que eran ustedes quienes me estaban ascendiendo a líder para tenerme más vigilado. Tengo la clara sospecha de que usted y los tipos que están detrás de ese espejo unidireccional no confían del todo en mí. —Decidí ser totalmente franco con él desde el principio.

El sargento se echó hacia atrás en su asiento y alargó los brazos hasta ponerlos detrás de la cabeza. Su lenguaje corporal denotaba una pose clásica de fortaleza y de no tener nada que esconder, pero parecía demasiado incómodo. Puso rápidamente las manos a los lados, en cuanto se dio cuenta de que yo no iba a tragarme su farsa.

—Todos tus colegas, como tú los llamas, te eligieron. Todos menos Blaze, claro. Y ya te hemos visto asumir el liderazgo un par de veces, tanto en la isla como aquí, en el Cuartel General. Creemos que tienes madera de líder, Zane.

—Muchas gracias, pero no ha contestado a la segunda parte de mi pregunta. —Sabía que no tendría la oportunidad de preguntárselo de nuevo, así que le presioné para que me respondiera—. ¿Confían en mí?

Se echó hacia delante poniendo los codos en las rodillas. Esto significaba que estaba intentando parecer honesto y claro.

—No, Zane, no confiamos en ti. Pero tampoco tenemos un buen motivo para hacerlo, ¿no es así? Tus padres se pasan mucho tiempo causándonos graves problemas, e incluso se oponen a este programa. Nos han costado mucho dinero a lo largo de los años, por culpa de sus movimientos de protesta y sus bloqueos. Mis superiores se negaban a dejarte entrar en el programa, pero a mí me gustó tu solicitud. No estaba seguro de si me creía todo lo que ponía, pero me gustó.

Le contesté honestamente:

—Me costó muchísimo poner todo aquello por escrito. Si hubiese caído en manos de mis padres, me habrían estrangulado.

—En tu redacción nos contaste que querías aprender de primera mano todo contra lo que ellos estaban luchando para decidir de qué lado te querías poner en esta batalla. La solicitud venía firmada por tus padres. ¿Quieres decir que ellos la firmaron sin haber leído la redacción?

Estaba seguro de que, si lo miraba a los ojos, averiguaría la verdad, así que seguí mirando al suelo.

—No creo que deba hablar más sobre mi solicitud con usted, señor.

Velasco se acercó, obligándome a levantar la vista.

—Esta conversación la podemos guardar en un cajón, de momento, pero ¿puedes al menos confirmarme que tu interés en este programa es verdadero? ¿Hay algo de lo que escribiste que sea cierto?

—Sí, todo es cierto, pero no, mis padres no tienen claro por qué estoy aquí, y preferiría que no lo supieran —dije con sinceridad.

Satisfecho, Velasco se levantó. Lo seguí a la puerta.

—Eso es cuanto necesitaba oír —dijo—. Por ahora. Pero te estaré vigilando. Yo creo que, si has sido un rebelde alguna vez, sigues siendo un rebelde toda tu vida.

Me dirigí de regreso a los barracones, esperando que Blaze ya se hubiese largado. Tardaríamos algo de tiempo en querer volver a verla otra vez. Pero no había dado más de un par de pasos por el corredor cuando Jax, Asha y Jin vinieron hacia mí.

—Pensaba que ya estaríais en las habitaciones.

Jax se frotó el cuello, incómodo. Asha señaló a las ventanas que había en la pared detrás de mí. Era el otro lado del espejo unidireccional y daba justo a la sala en la que acabábamos de estar.

—Tenías razón con lo del espejo —admitió—. Nos quedamos aquí para ver si podíamos oír la conversación. Y pudimos. Perdón por haberla escuchado.

Suspiré hondo y asentí.

—Tus padres ni siquiera saben que estás aquí, ¿verdad? —preguntó Jin suavemente.

Estuve a punto de mentir, pero me lo pensé mejor. Mejor que supiesen la verdad. Ahora eran mis colegas y no quería que hubiese secretos entre nosotros. Negué con la cabeza. Estaba a punto de contarles la historia entera, pero miré alrededor.

—Sé que aquí las paredes oyen, pero ¿creéis que pueda haber algún sitio en el que podamos hablar en privado?

—Yo conozco el sitio ideal —dijo Asha—. Seguidme.

La seguimos de regreso al Cuartel General. No necesitábamos que nos escanearan el ojo para salir. Fuimos por un laberinto de pasillos. Oía a Asha contar entrecortadamente según íbamos pasando puertas.

—Treinta y uno, treinta y dos, ¡treinta y tres! ¡Aquí es! —dijo orgullosa, y tiró de la puerta para abrirla.

Entramos en un gimnasio gigantesco. Se oía un fuerte zumbido por las vibraciones de una serie de motores que debían estar al otro lado de las paredes de la sala. Había equipos corriendo por la pista en la vida real —no eran sus avatares—, saltando obstáculos, deslizándose por debajo de barras prácticamente imposibles de atravesar y señalando cofres dorados.

—Este es el gimnasio de entrenamiento —explicó, hablando por encima del ruido—. Aquí es donde me hicieron la prueba para entrar como suplente. Hay tanto ruido que es imposible que nos puedan grabar.

Fuimos a una zona de búnkeres. Jin saltó hasta lo alto y todos lo seguimos, escalando una pared de roca que había en el otro lado. Nos daba una vista completa del campo de prácticas, y cualquiera que nos viese pensaría que, o bien estábamos espiando a nuestros rivales, o planeando una estrategia.

—Bueno, nos ibas a contar la historia de tu vida —me urgió Jax para que empezara.

—Sí, cierto. Para contestar a tu pregunta, Jin, te diré que no, que mis padres no saben que estoy aquí.

Asha parecía preocupada:

—¿Y dónde creen que estás?

—Cuando vi que pedían reclutas y que yo tenía la edad adecuada, hice una solicitud falsa para una escuela que me inventé, pero que sabía que a mis padres les gustaría. La firmaron, luego cambié la solicitud y la redacción y la envié al Cuartel General.

—¿Cómo es posible? —preguntó Asha.

Me encogí de hombros.

—Desde que se unieron a la revolución, siempre están fuera, y me dejan en casa con la asistenta. Dejan dinero para la comida y me apuntan al colegio. Casi no los veo. No es una vida maravillosa, como veis. Yo solía creer en la revolución porque ellos creían, pero al crecer, me empecé a preguntar para qué estaban luchando. —Nunca le había contado a nadie mi historia. Fue duro, pero también me sentí bien al poder explicarlo.

—¡Guau! —Jin sacudió la cabeza, riendo—. ¡Pues sí que eres un rebelde! Te rebelas contra la rebelión.

Yo también me empecé a reír, y noté que me sentaba bien hacerlo y tener a alguien con quien compartir risas, para variar. Miré a mis nuevos colegas: Jin, que pensaba que en este lugar había algo más de lo que los líderes nos dejaban ver; Asha, que quería ser libre y ver el mundo... y ya que estaba, darle un toque de alegría pintando algunos grafitis aquí y allá; y Jax, que, a pesar de su aspecto y reputación, tenía pinta de ser buen tío. Todos teníamos nuestras propias batallas que luchar, y que habíamos traído a esta Battle Royale. Esta era la gente de mi escuadrón. Habían demostrado que siempre me cubrirían las espaldas y yo juré que haría lo mismo por ellos. Éramos un buen equipo, fuerte. Éramos colegas, dentro y fuera del campo de batalla. ¡Y tenía muchísimas ganas de que empezara la siguiente Battle Royale!

¿TIENES GANAS DE MÁS AVENTURAS?